JN325710

日日草

YAMAMOTO Kazuko
山本かずこ

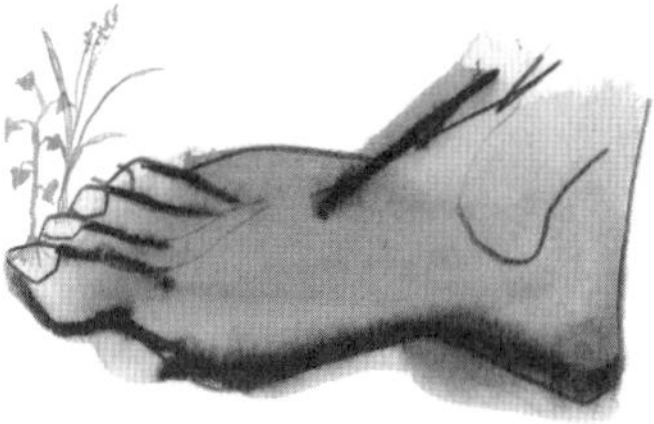

北冬舎

日日草＊目次

II

装画＝織田信生
装丁＝大原信泉

日日草

I

金子橋

「昭和二十六年十月十二日、高知市山田町一九七、山本」と墨で記してある古い衣装行李の蓋が手元にある。母の字だ。当時、両親が住んでいた山田町の家は、〃おイカのおばさん〃の家だったということを、酒井の叔母から教えてもらった。

子供の頃から耳に親しい〃おイカのおばさん〃。今のわたしたちからすると、ヘンな名前だけれど、当時はそうでもなかったのかもしれない。母の実家の山下家のお墓には、「イカ」という名前が彫られている。祖父の姉だから、わたしは姪が産んだ子供にあたる。おばさんには子供がいなかったので、わたしのことを可愛がってくれたのだそうだ。

わたしが生まれたのは、昭和二十七年一月六日、高知市枡形にあった望月病院である。今では、その病院はなくなってしまった。

「望月先生が亡くなってから、あとを継ぐ人がおらんかったのよ。今は、別の名前で外科病院に変わってしまっている」

酒井の叔母はずっと高知に住んでいるから、街の移り変わりに詳しい。自転車に乗って走るとき、病院の前を通ることもある。叔母も、この病院で男の子を出産している。その赤ん坊は、わたしが生まれてまる一か月後に同じ病院で生まれたのだが、二月六日といえば、いくら暖かい高知といっても、かなり寒い日だったようだ。

生まれたての赤ん坊は、口から泡を出していて、顔の色も極端に悪かったらしい。「うちの子供は女の子やけんど、色が白うて、うんと可愛らしい」と、お祝いに行ったわが父は言ってのけてしまったのだそうだ。裏返せば、父は男の子がほしかったのかもしれなくて、強がりがそんな言葉になってしまったのだろう。

すると、そこに居合わせた酒井の叔母の母（赤ん坊からすればおばあちゃんにあたる）が、「まあ、勲さん、そう言わんと。こっちから見てちょうだい。なかなか鼻筋が通ったええ子じゃきに」そう言って、口から泡を吹いている男の子をかばったという。その話は、何度か母から聞いたことがあった。

何度も聞いた話といえば、わたしが紋付き袴でとりあげられたという話もそうだ。母が産気づいてきたのが、望月先生が新年会に出かけたあとで、新年会の席から急遽呼び戻された先生は、そのままの格好でわたしをとりあげたそうだ。時間は四時過ぎ。ただ単に着替える時間がなかったから、と片づけてしまえばそれまでだけれど、母としては、先生の粋な計らい、と考えたかったのだろう。その気持ちもわからなくはない。

さて、前後すること一か月、同じ望月病院で生を亨けたふたりの赤ん坊は、当然いとこ同士ということになる。

夏のある日、ふたりを寝かしつけたと思った大人たちは、別の部屋でおしゃべりをしていた。そのうち時間が経って、いやに静かだと思って、そっと襖を開けてみると、ふたりの赤ん坊はうちわを持って、外れたおむつのウンチを、べたべた畳にくっつけては遊んでいたのだという。

いとこは活発な男の子に育った。というより、ガキ大将で、しょっちゅうケンカをしていたらしい。近所でケンカをしなかった者はいなかったそうだ。相手が女の子だからといって、容赦しなかった。わたしの姉なんか、背中を棒切れで叩かれたことも何回かあった。そんなことは、日常茶飯事だったらしい。

「それでも、どういうわけか、和ちゃんにだけは優しかったねえ。一度もケンカするのを見たことがない」と酒井の叔母は言う。大人になっても、ただの一度もケンカをした覚えがない。いつも、すぐそばで生きてきた。

ところで、「金子橋」とは、わたしの戸籍に記されている地名である。戸籍によると、「高知市金子橋三十五番地で出生」したことになっている。当時、暮らしていたのは山田町だとすると、「金子橋」というのは、どういう縁の地名なのだろう。よくわからない。

事故

小学二年生の春の飛び降り事件は、自分でも理不尽な部類に入る。

学校が終わり、近所の友だち二、三人で物干し台で遊んでいると、下に別の友だちの姿が見えた。降りておいでよ。下の友だちがそう言った。それで、上の友だちはみんなで脇の階段を使って、ゾロゾロと降りて行った。けれど、わたしひとり、そうはしなかった。物干し台から、いきなり下へ飛び降りてしまったのだ。当然、足がどうにかなってしまい、わたしは立つことができなくなった。

いったいあれはなんのつもりだったのか、そのときわからなかったことが、いまさらわかるものでもないのだけれど、われながら不可解である。自分が自分でもよくわからないという心の傷は癒えているつもりだけれど、身体のほうはその事件を覚えているらしい。足にヒビが入ってしまったということを、いつまでもしつこく覚えているのである。

それは、ある日、いきなりやってくる。歩いていると、何の脈絡もなしに、一方的に足の神経を不通にしてしまう。うしろから突き飛ばされたわけでもないのに、無防備にバタッと倒れてしまう。さすがに、転ぶ間隔は間遠になってはきたけれど、転びそうになると、あのときの後遺症だわ、とわかる。

ヒビが入って歩けなくなったわたしを、母は乳母車に乗せて学校へ通った。授業が終わると、今度は骨接ぎの病院へとわたしを連れて行く。骨折よりもヒビのほうが長引くことが多いんですよ。骨接ぎの先生はそう言って、母に同情した。大事をとった母は、先生がもういいですよと言っても、しばらくの間、病院通いを延長した。

お母さんに皆勤賞をあげなくちゃあね、学校の先生からもそう言われるくらい、母は一日も休まず、わたしを乳母車に乗せて学校に通った。小学校は昭和小学校で、家は日の出町（今の弥生町）だったから、距離にすれば五、六分のところだけれど、下に小さい妹がいたことを考えると、大変なことだっただろう。授業中も教室のはじっこに控えていて、もちろんトイレにも付き添ってくれた。

足のことを書いていて、目のケガのことも思い出した。近所に住む男の子たちが原っぱで石を投げて遊んでいるところへ、わざわざひょっこり顔を出したのが原因である。男の子の投げた石が、わたしの右目を直撃した。一歩まちがえば失明するところだったけれど、ぎりぎりのところで瞳をかすかに外れていたそうだ。他にも、サイクリング中の事故で、鼻の骨の露出事件があるけれど、これは別の機会にゆずるとして、どのケガをとっても、ある日ふってわいた種類のケガではなく、すべて自分の行動が招いたものである。

ところで、わたしには幼なじみが多い。そのうちの半分以上は血がつながっている。これは、祖父の貸家に、一時期、その子供たちが集合していたことによる。しかも、道路を隔てたところには祖父の義理の姉妹も住んでいて、その子供、またその子供と、そこでもやっぱり一族が一郭を築いているのだった。

子供たちが石を投げて遊んでいた原っぱの持ち主の岩井商店のご主人から、ある日、こんな提案があった。ここに高い家が建ったら、山下さんところには陽《ひ》が当たらんようになります。今のうちに、土地も安くしておきますから、買っておいたほうが、絶対に「えい」と思いますけんど。ところが、山下さん、すなわち祖父は買わなかった。勧められると依怙地《いこじ》になるというような、天の邪鬼のところがあったのだろうか。

買えばよかったのに、買わなかった祖父の判断がまちがっていたことはすぐにわかった。わかったときには遅かった。気がついたら、目の前にほんとうに背の高いビルがデンと建ってしまった。縁側から部屋のなかへと陽当たりがよかった祖父の家には、ぱったりと陽が入らなくなってしまった。祖父の家が突然暗くなってしまった時期と、その一郭から子供たちや孫たちの姿が消えていった時期とは、どっちが先だっただろう。

緑

目が疲れたときは、緑を見ているといいのよ。その言葉を、昔、何度となく聞いたことがあった。緑は目にいい。医学的に、ほんとうにそうなのかどうかは知らないけれど、その言葉がわたしのなかに永遠の真実のように、棲み着いてしまっている。若葉の季節が過ぎ、本格的な緑の季節を迎えると、いつもその言葉が戻ってきて、わたしに囁く。緑は目にいいのよ。

そこは、緑がふんだんにあふれる村だった。一歩外に出ると緑しか見えないのだった。緑しかない村でもあった。わたしたちの家族は、その村に十二、三年、移り住んだことがあった。徳島県那賀郡木頭村《きとうそん》というところだ。

初めてその村に行った日、バスから見る風景も一面の緑だった。緑のなかをバスが走っていく。舗装されていないでこぼこ道を、何時間もかけて走った。途中で、窓から下を覗いて見たけれど、道が見えないところが何か所もあった。下は絶壁なのだ。さらに、その下には、きれいな川が流れていた。その川の名前が那賀川ということも、あとから知った。

どこに行くのだろう。どんなところで暮らすのだろう。わたしにはかいもく見当がつかないまま、途中で眠ったり、歌を歌ったりして、ひたすらバスに乗っていた。姉は小学校の六年生、わたしは三年生、妹はまだ小さかった。そして、そばには母がいた。バスの乗客はわたしたちの他にも、常時三、四人いた。ずっと同じ顔ぶれではなく、乗ったり降りたりしながら、変わっていった。

父は先に行って、新しい家でわたしたちを待っていた。新しい家、そこでは、想像できない生活が待っていた。水道はなく、庭に深い井戸が掘られていた。井戸は台所と離れているから、母はさっそくバケツを買ってきて、水を台所へと運ぶことから、一日の仕事が始まった。お風呂の水も、そうやって運んだ。といっても、わたしたち子供は、たまに手伝うぐらいで、何の役にも立たなかった。

小さな洗濯は、家の前を流れる小川で、した。浅くて狭い川なのに、けっこう水の流れが急で、ハンカチやら小物が流れてしまうことがあった。わたしたち子供は、母に、ちょっと拾って来て、と言われると、少し先にある、水が休んでいる場所へと走って行って拾ってくるのが仕事のようなものだった。そこには、ときどきヘビも流れてきた。

母は、しかし子供を当てにはしていなかった。今から思えば、その頃は三十代後半の母である。新しい場所で、自分から先にこの土地に馴染むのに一生懸命だったのかもしれない。子供たちは子供たちで、緑のなかを走りまわった。やがて、近所に友だちができると、誘い合わせて、あのきれいな川へと遊びに行った。泳げないから、大きな浮輪をかならず持参して、遊ぶのに忙しかった。

屋根は藁葺きだった。柱など、立派な木を使っていて、しっかりしてるね、と父が褒めた。昔の農家で、暗い土間にはカマドもあった。板の間には囲炉裏も掘ってあった。五部屋もあるゆったりとした造りの家は、夏は涼しいが、冬は厳しかった。夏休みの宿題をしながら、窓の外を見ると、目の前には当然のように緑があった。光もふんだんに溢れていて、緑の葉っぱが微かな風に揺れて、きらきら光っていた。

家のなかにはトカゲやムカデなども一緒に住んでいて、ひょっこり顔を出した。わたしたちはキャーキャー言って、家のなかを走りまわった。

ただ一度だけ違った。そのときは誰もがゾッとして、生唾《なまつば》を飲み込んだ。居間にあたる部屋の桟に、寝そべるようにして、大きな青大将がお腹を見せていた。いつからいたのかは知らない。気がつくと、そこに悠々といた。どうやって外に出てもらったのか、そこから先はまったく覚えていない。

ケンカ

なぜ、わたしたち一家は高知の市内から、徳島の山のなかへ引っ越して行ったのだろう。林業を糧にする父の仕事が発生したから、というもっともらしい理由はあるけれど、どうやらそれだけでもないようだ。

その思いは、こんな話を聞いてから、ますます強くなった。お酒の好きな父は、仕事のないときは、昼間からお酒を飲んでいた。しかし、その日は飲んでいた先が悪かった。三、四人いたようだけれど、父以外はその筋の人たちらしかった。

そのうち、何かの行き違いで、ある一人と口論になった。父は押し倒されて、このままではやられると思った。そのとき、そばにビール瓶があった。父は押し倒されたまま、それを土間で割って、凶器となったビール瓶で、その人に立ち向かった。

以上、これは母から聞いた話である。その人は入院し、父は少しの間、留置所に入った。入院先へと母は妹を背負って、毎日お見舞いに行った。ある日、怪我をした人は示談にしてくれたのだが、まわりの人たちが母を脅かした。今は親分が刑務所に入っとるけんど、そのうち出てきたら、日本刀でばっさりやられるわ、と。

家族をあげての引っ越しには、そんな事情も含まれていたような気がする。そのケンカのことも父から直接聞いたわけではない。なぜか、聞きそびれたままに終わった。

といって、その話がいやだったわけではない。わたしは父のとっさにとった行為を支持するものだ。正当防衛だと思う。しかしながら、当時の父は、戦争が終わって、どこかがくたびれて、すさんでいたのかもしれない。

宮本輝原作、映画「泥の河」を見ると、昭和三十年代の、その当時がよく描かれているのだけれど、日本中がきっとあんな感じだったのだろう。父親役の田村高廣の雰囲気と、わたしの父の雰囲気が重なったりする。父もハンサムだった。

わたしと妹はほとんどケンカをしないのに、父が死んで十日目に、父の神棚（うちは神道）の前でケンカをした。

何が原因だったのか、覚えていない。妹に尋ねても、ケンカそのものも覚えていない。しかし、たしかにわたしたちはケンカをした。わたしが何か気に障ることでも言ったのだろう。妹が思い切りわたしを突き飛ばした。力のないわたしは、吹きとんだ。畳の上にいたはずなのに、土間に落ちていたのだった。

妹のバカ力を目の当たりにして、さすが純ちゃん、力がある、と妙に感動をしたことを覚えている。ケンカのきっかけはちっとも覚えていないくせに、そんなことはしっかり覚えていたりする。

妹は中学生のとき、バレーボールでアタッカーをやった。試合を見に行くと、妹が手首のスナップをきかせて打つサーブも、おもしろいぐらいポイントをあげた。評判を聞きつけた香川県のスポーツの名門校から、わが家にスカウトがやってきたこともあった。

その妹の、鍛えた腕力で突き飛ばされたのである。ものすごい勢いで、わたしは飛んだのだった。

一方、わたしは腕力はまったくないくせに、鼻っぱしらだけは異様に強いのだった。家で、父の留守中に客人が父の悪口を言ったりすると、ガラッと襖を開けて、帰ってや、と言ったりした。ふだんはおとなしいわたしだけに、みんなしばらくあっけにとられる。

何かが手に負えないわたしだったと思う。今ではほとんど眠っているのだけれど、いつそれがハッと目覚めるのか、わかるようではっきりとはわからない。一種の正義感なのか、単なる向こう見ずなのか、気がついたときには、たいてい止められない。

留守

木頭村での暮らしが落ち着いてくると、母にも、仲の良い友だちができた。中橋商店のおばさんなど、気の合った友だち数人と、日本舞踊や三味線の稽古を始めたりした。婦人会の集まりなどにも、積極的に出かけて行った。たいていは日が暮れる前に帰ってきた。

この日は、父と母とが揃って、何かの集まりに出かけて行った。村民全体が、なんだかどこかに結集するような日だった気がする。

暗くならないうちに雨戸を閉めなさいよ。母はわたしと妹に何度も言い聞かせて、まだ陽があるうちに出かけて行った。夜、ふたりだけを置いて出かけるということはないことだったから、寸前まで心配するのだった。

母の心配どおり、わたしと妹は言いつけを守らなかった。マンガを読んだり、あらかじめ母が準備していった晩ご飯を食べたりしていると、どんどん日が暮れていった。そろそろ雨戸を閉めなければ、さすがに、そう思い始めた頃だった。

縁側のほうで、何かが動いた気配がした。犬とか猫とか、そういう動物の気配ではなく、人が動く気配だと直観した。

わたしはとっさに、雨戸を早く閉めなかったことを後悔した。あんなに母に言われたのにもかかわらず、言いつけを守らなかったから、怖い目にあうのだ。大変なことになった。そう思った。

そして、子供なりに一生懸命考えて、すごいスピードで頭を巡らせた。

お父ちゃん、早く起きて。眠ってないで、早く起きて。外に、誰か来てるよ。わたしが突然、変なことを言い始めたので、妹がきょとんとしている。

わたしは小さな声で、しかも早口で、純ちゃん、外に誰かいるから、お父ちゃんがいるように見せかけないと、いかん。純ちゃんも、お姉ちゃんと一緒になって、大きい声を出してや。

お父ちゃん、お父ちゃん、早く起きて。外に、誰か来てるよ。

わたしと妹とは、嘘とはわからないように、ほんとうに父がそこにいるような口調で、せいいっぱいのお芝居を続けた。

外の誰かは、障子の向こうの、縁側のすぐそばまで、やって来ていたのだと思う。たぶん、この日が村全体の集まりで、だから、家には大人がいないということを、あらかじめ識っていたのだろう。父親がいるはずがない。そう思って、最初はなかなか引き下がらなかったのだろうけれども、やがて、どこかに去って行く気配がした。

怖かったけれど、帰ってきた両親には、そのことは言わなかった。言うと、夜になっても雨戸を閉めていなかったことがわかってしまうから。

昨日の夜、上のMさんの家に泥棒が入ったんですって。誰もいなくなったスキを狙って入ったみたいね。おじいちゃんはいたんだけれど、別の部屋で寝てたから、気がつかなかったみたい。母が朝食の席で、少し興奮気味にそう言う。

やっぱり、あれは、泥棒だったんだ、とあらためて確信した。すると、怖かったあの時間が思い出された。もしかすると、妹とわたしは殺されていたかもしれなかったのだ。母の言いつけを守らなくて、雨戸を閉めなかったばっかりに。そう思うと、昨日の夜のことを、ますます、母には言いそびれてしまった。

雨戸を閉め切ると、どんなにいいお天気でも、真っ暗になる。夜と昼とのけじめがはっきりとつく。ただ、雨戸の開けしめにはコツがあるから、子供にはなかなか難しいものがあった。

何枚もあるので、最初の一枚が勝負なのである。それが上手に戸袋に入らないと、あとが詰まってしまって、きれいに入らないことになる。ただ、上手になる頃には雨戸の少ない家に引っ越したので、上手にならないままに終わった。あれほど雨戸の多い家に暮らしたのは、後にも先にも一度だけだった。

草

家からすぐのところに山があった。山のなかに入って行くと、ゼンマイやワラビが生えているのだった。妹はまだ幼稚園児だったと思う。わたしは小学校四年生ぐらい。母とわたしと妹で、ある日、山のなかへ入って行った。母は山菜を夕食のおかずの足しにでもするつもりだったのかもしれない。

昼間も暗い道だった。陽《ひ》はほとんどささない。しかも、けもの道のような細い道。前日までの雨で、地面が少しやわらかくなっていたのだろう。

先頭はわたしが歩いていたのか、それとも母だったのか。母が、道を踏み外して、わたしの視界から、一瞬、消えた。妹が泣きだした。母は見えない谷底に足を向けたまま、必死でとっさに摑んだ一束の草を握っていた。母の全体重がその一束の草にかかっていた。

わたしはその草をじっと見た。大変な事態が母の身に起きているというのに、ただ草を見ていた。それから、草を握った母の指を見ていた。妹は泣いている。それはとてつもなく長い時間のようにも思える。しかし、実際にはとても短い時間だったのだろう。やがて、母は山肌に自力で足場を作り、草を握ったまま、元の道へと這い登ってきた。

あのとき、そこに草がなければ、あのとき、とっさに母がその草を握らなければ、母は生きてはいなかったはずだ。深い谷底へと落ちていったはずだ。

わたしがひとことも言葉を発しないうちに、すべては母の力で処理されて終わった。たとえ泣き叫んでも、小学四年生のわたしにはどうすることもできず、泣いてもしかたがないということを、何かに耐えるようにひたすら感じていたのだろうか。よくはわからない。ただ、わたしは草を見て、母の指を見ていただけだった。

そんなことがあって、母は誰に言うともなく、こんなことを言った。和子は恐い子供、わたしが死にかけているというのに、何も言わずにわたしを見ていた、と。

わたしには、あのときのわたしのとった行動、というよりとらなかった行動のことを言っているのだということが、すぐにわかった。

でも、何も言わなかった。そんなふうに言われてもしかたがないのだと、心のどこかで思っていたから。わたしは恐い子供なのだ。

考えてみれば、お母さん、大丈夫、がんばって！　という言葉も出なかったのだろうか。われながら、感情を表に出さない、その冷たさにぞっとする。

それから、いつしかその話はどこかにいってしまったように、消えてしまった。

妹はもちろん覚えていないだろう。でも、母は忘れるはずがない。わたしが忘れていないように。しかし、なぜだろう。二度と、その話を母はしなかった。わたしを許してくれたのだろうか。

もう数年前になるけれど、北海道で地震が起きて、大きな津波が集落を襲ったことがあった。そのとき、波にさらわれかかったにもかかわらず、草を摑んで助かった女の人の話を新聞で読んだ。小さいときの、あの事件のことを思い出した。

草は強い。ここでも、人を救った。

夏休みには、その道を通って、川へと降りていったこともある。母がそんな目にあった道だというのに、ゴム草履をはいて平気で走りまわっていた。母が恐い目にあったからといって、川遊びをやめるということはなかった。泳げないわたしなのに、友だちと一緒にいつでも浮袋を下げて、渦のきつい、深い川へと平気で出かけて行った。浮袋の空気が抜けたらどうするのか、そんなことはちっとも考えなかった。

きつい渦を楽しんでは、疲れて眠った。あちこちで恐い落とし穴が待ち伏せしているかもしれない人生の、ある時期を無造作に過ぎていった。

村

道で車とすれ違うときは、崖側ではなくて、かならず山側で待っていなさいよ、と何十回となく母からは言われた。

山といっても、強い雨が降ると、すぐに土砂崩れを起こして、通行止めになるような山である。道幅も狭い。だから、車と擦れ違うたび、母に言われたとおり、わたしはその山にへばりつくように、車が通りすぎるのをじっと待ったものだった。

スクールバスがまだ採用されていない頃、学校のある和無田というところから、家のある西字というところまで、ぶらぶらと歩いて帰った。学校までは、子供の足で一時間近くもかかった。

同じ方角に家がある同級生と一緒に帰ることもあった。むき出しの山肌から湧き水が流れている場所があって、同級生が手で水を掬っておいしそうに飲むのを真似てみた。冷たくて、おいしかった。それからは、一人で帰るときも、そこでは足をとめて、手で水を掬って飲むことをした。

　こんなふうに、わたしは日毎に、山の子供になっていった。

　一度なんかは、同級生の家のくみ取り式の手洗いで、下に落っこちたことがあった。今思えば、ぞっとするけれど、下が浅かったのか、途中で何かに摑まったのか、すぐに助けられたので、大事にはいたらなくてすんだ。至るところで落とし穴が待っているような毎日でもあった。それまで生きてきたなかで身についた小さな習慣などは、なんの役にも立たないのだった。その代わりに、どこかに眠っていて、それまで使われなかった野性の部分が、前面に出てきた感じがした。

　高知にいるときはすぐに熱を出す子供であったわたしが、風邪をひかなくなったし、裸足《はだし》でこそ走り回らなかったものの、川に山に遊び回るものだから、色も黒くなって、見るからに健康そうになった。

　たくましくなったのは、子供に限らなかった。

　引っ越して間もなくの頃だった。下校時に、雨が降ってきそうな空模様になったとき、道の向こうから来る傘を持った母に出迎えられたことがある。母も、高知にいるときの感覚で、迎えに出たのだろうけれど、出迎える距離としてはあまりにも遠いということを、途中で気がついたようだった。そういうことが何度かあって、やがて、傘のことぐらいでは出迎えはしなくなった。親も子供も、そんなふうにして少しずつ村に馴染んでいった。

自転車に乗れるようになったのも、この村でだった。

学校から帰ると、近所の家で、自転車を借りた。練習場所は神社の境内である。何十回も転んで、スネを擦りむいたけれど、ある日、ふと乗れる感触を摑んだ。気が早いわたしは、もう大丈夫と思い込んで、どこかへ乗って行きたくなった。

学校のある和無田というところまで乗って行って、帰ってきたのだけれど、大人用の自転車だったから、足が地面に着かない。しかも、女性用ではなかったから、乗るときも降りるときも、足をうしろにまわすことになって、とっさのときは大変危ないことになる。

その日は、大きな車と擦れ違わなかったからよかったようなものの、よく事故を起こさないで、家までたどり着いたものだと思う。

帰ってから、母に、自転車で和無田まで行ってきたよ、と告げた。母は、いつ乗れるようになったの、と驚いた。わたしが、今日だ、と言うと、ますます驚いた。しかし、あとの祭りである。

母は野生に帰った子供を諦めるような目で見て、井戸の水で冷やしているスイカを食べよう、と言った。それまでどこかで遊んでいた姉や妹が、その声を聞いて集まってきた。それからしばらくして、自分用の自転車を買ってもらった。

運動会

日曜日だったけれど、藤江の節っちゃんの家まで行って、今度のリレーに、わたしに代わって出てほしいと、思いつめた顔でお願いした。節っちゃんとわたしは同じ集落に属していて、徒競争では、どっちもどっちのレベルの速さなのだった。五人走れば、三番か四番目ぐらい。ふつう、その程度の足の速さだったら、リレーなんかに出ることはないのだけれど、ここでは人がいないから、出なければいけないのだった。

わたしも、いや。節っちゃんは、そうきっぱりと断った。わたしも、いや。そうなのだけれど、どういう事の成り行きなのか、知らないうちにわたしが走ることに決まっていて、なんとか節っちゃんに代わってもらえないかと、直談判にやってきたのだった。節っちゃんに断られてしまって、わたしは、とぼとぼと家に帰って行った。

節っちゃんには、やっぱり断られてしまった。家に帰ると、母にそう報告した。母は、それから運動会までの数日を、わたしに対して、まるで腫れ物にでもさわるように、暮らした。しかし、運動会はそんな親子の心境とはおかまいなく、じわじわと近づいてくるのだった。

しかも、母の心境の複雑なところは、家のなかにもうひとり、こっちは運動会が大好きな子供がいたことだった。妹である。妹はいつもテープを切って走り抜けた。だから、リレーなどは、見せ場中の見せ場で、たいてい二、三人はごぼう抜きする花形スターだったのである。

明日、雨が降らないかなあ。わたしが空を見上げては深い溜め息をついているすぐそばで、妹は〝照る照る坊主〟を作ったりしているのである。そして、わたしの祈りもむなしく、運動会は決行されるのだった。

リレーは、たいてい運動会の終わり近くに行なわれるから、一日中、憂鬱な気分で過ごすことになる。お昼にお弁当を食べるときなど、妹が一等賞の記念品、ノートのセットだったりしたのを持ってくるのを、わたしは参加賞の鉛筆一本を持って、集結するのである。

そういえば、姉もまた、足が速かった。妹ほどではないけれど、一等賞ぐらいはラクラクというスピードで走った。そして、父もまた速いのだった。軍隊で、走る競争をして一番だったという話をしていたこともある。自慢の足なのだ。ふだんはけっして速いとは思えない母にして、よその集落にまで走りに行った経験の持ち主だというではないか。どうして、わたしだけが……。

運動会が近くなると、いつも遺伝子の不公平を思った。両親は、いっけん、わたしに気を遣っているように見えるのだけれど、何かの拍子に、わたしを除いてみんな足が速い家族独特の空気が流れて、わたしへの気の遣い方が徹底せず、おろそかになることがあった。むりもないことなのに、わたしはひとりぼっちのような、拗ねた感情を持て余したりしたものである。

高校に入って、リレーに出なくてすむようになったのは、うれしかった。しかも、運動会ではなくて、体育祭という名前に変わっている。徳島県阿南市にある高校は、クラスごとに浴衣と菅笠を被って、阿波踊りを踊るのである。下手であっても、もうだれにも迷惑はかけない。それで、やっとリレーから解放されたのである。

「踊る阿呆に見る阿呆
同じ阿呆なら踊らなソンソン」

秋晴れの一日、わたしは初めて運動会なるものを楽しんだ。リレーの重圧もなく、のびのびしすぎたかもしれない。

高校一年の冬休み、寮から木頭村のわが家に帰ると、バス停の近くまで妹が迎えに来ていた。焦点の定まらない目で、こっちのほうを漠然と見ている。わたしがニコニコしながら近づいて行くと、あれっ、お姉ちゃん、あんまり色が黒いし、まるまる太って、違う人かと思った。ほんとうにびっくりした様子で、そう言った。

歌

小学校五年生のときだったたか。木頭村にラジオの「NHKのど自慢」だったと思うが、やってきたことがあった。小学生からお年寄りまで、何人かが登場して、のどを競うものだった。小学生では一人だったたと思う。

わたしは、ほんとうはうたう予定には入っていなかった。わたしたち生徒が知らないうちに先生や大人が決めて、うたう予定に入っていたのは、Yちゃんという女の子で、家は農業を営んでいたけれど、父親が村役場の仕事か何かをしている家の子供だった。

Yちゃんは、頭もよく、きれいな女の子だった。でも、歌はそんなに上手だとはいえなかった。わたしに役割がまわってきたのには、きっとそのへんの事情があったからだろう。走るのが得意でないのに、その地域に人がいないというだけの理由からリレーの選手に選ばれて、悩んだことがあるのでわかるけれど、うたうことがそんなに得意でないのに、人がいないというだけの理由で、人前でうたうことは、苦しいことだったたにちがいない。

わたし、やっぱり出たくない、断ってほしい、Yちゃんは、お父さんにそう訴えたのだろう。もう、土壇場だったから、学校側でも、困った。それで、急遽わたしにその役割がまわってきたというのが、だいたいのなりゆきだったと思う。わたしは、リレーで走るのはほんとうにいやだったけれど、うたうのは好きだったから、いやとは言わなかった。

和無田小学校の講堂に、村の人たちが集まった。舞台の前に三人の審査員が並び、舞台の上には、鐘を鳴らす男の人と、アコーディオンを弾く男の人がいて、わたしはアコーディオンに合わせてうたえばいいのだった。

「モリノコカゲデドンジャラホイ

テンテンテンテビョウシアシビョウシ

タイコタタイテフエフイテ

コンヤハオマツリユメノクニ

コビトサンガデテキテニギヤカニ……」

わたしがうたった歌は、たしかこんな歌だった。出だしに注意しましょうね、アコーディオンの男の人に言われて、そこをまちがわないように、全神経を集中したことを覚えている。ドキドキはしなかった。出だしはうまくいったと思った。最後までうたったときに、鐘が鳴った。ひとつ、ふたつ、みっつ。うたい終わったあとで舞台裏に帰ろうとしたら、アナウンサーに呼び止められて、少し話をした。かわいいクリーム色のお洋服を着た女の子です。おいくつですか。全国的に流れたのど自慢だったのだろうか。よくわからないけれど、二週間ほどあとで、そのときの様子がラジオから流れた。

そんなことがあって、舞台度胸がついたのかどうか、中学生になってから、独唱で、よその中学校までうたいに行くことがあった。大会みたいなのが近づくと、ペギー葉山によく似た音楽の先生から声をかけられて、放課後、特訓を受けたりした。他に、理科の先生をしているけれど、音楽に精通している男の先生がやって来る。

ある日、講堂でペギー葉山似の先生と理科の先生とが小さな声で話し合っているのが耳に入った。もう少し、高音の幅が出せるようになるといいんだけれどねえ。それはわたしのことだと瞬時にわかった。出せればいいんだけれど、出せないから、わたしはだめなんだと思った。よその学校にうたいに行くと、待合室でペギー葉山似の先生が、あがらないようにとおまじないを教えてくれた。手のひらにこうして「人」という字を書いて、パクッと飲み込むといいのよ。

高音が出ないわたしは、コンクールでいい成績をあげることはなかった。しかし、その結果にがっかりはしなかった。ふたりの先生の会話から、そのことはあらかじめわかっていたから。

月

真っ暗な夜道というものを体験したのは、木頭村に行ってからのことだった。月が出ないと、言葉のほんとうの意味で、一寸先は闇なのだった。

畦道《あぜみち》を歩いていると、足元に何かが飛びつく。わたしは見たくなかったから、懐中電灯で照らしてみたりはしなかったけれど、姉や母が、カエルだ、と言ったから、そうなのだとわかった。可愛らしく飛び跳ねる小さなカエルとばかりは限らなかった。ヒキガエルの類もいて、ドタッ、ドタッ、という感じで登場しては、その存在を、まずわたしの耳にアピールした。カエルを、見るのも、触るのも、触られるのも、好きではなかった。

それでも、テレビを見たかったわたしは、いくつかの田んぼを隔てたところにある西沢さんという大家さんの家まで、一週間に一度の割合で家族と一緒にテレビを見に出かけたので、カエルといやおうなく遭遇するのだった。

母は妹をおんぶして、編みかけの毛糸などを持参して行った。山のなかで、その当時は特に電波が届かないこともあって、ＮＨＫしか映らない。雨が降ると、その画像さえザァザァして、声しか聞こえなくなる。何を見に行ったのか覚えていないけれど、二時間くらいテレビを見ては帰ってきた。

ついでに高知への電話も、そこで借りた。木頭村の電話局の交換台に申し込む。電話が終わると、あとで、電話代を教えてくれるしくみになっている。夜になると、電話代が安くなるので、夜、かけることが多かった。高知から電話がかかってくることもあって、そんなときは、西沢さんの若主人が大きな声で呼ぶのだった。

たいていシーンとした静かな村だったから、その声は夜を走って、わが家に届く。すると、母か父が駆けだして行った。のんびりしていると、電話代がとても高くつくから、電話口まで一生懸命走った。西沢さんは、一度もいやな顔をしなかったように思う。両親から、いやな目にあったという話を一度も聞いたことがなかったからだ。いつでも、どんなときでも受け入れてくれた。

それでも、ひとつだけ、わたしには気に入らなかったことがある。農業をやっている西沢さんの家の広い庭に立つと、わが家のお風呂場がよく見えたことである。それに気がついたのは、ずいぶん経ってからだった。夏などは、扉を開け放してお風呂に入っていたから、もしかすると、見られていたのかもしれない。小学生の頃から一人前だと思っていたわたしとしては、少なからずショックではあった。

　やがて、東京オリンピックの年に、わが家にもカラーテレビが入った。それと一緒に、夜道のカエルとの遭遇はなくなった。夜間に外に出る機会も激減して、月夜であるか、闇夜であるかも、さして生理的に重要な意味を持たなくなった。

　電話は、それから一、二年後に引かれた。わが家だけでなく、ほとんどの家庭にカラーテレビや電話が入ったのも、この頃だった。

　テレビでは、都はるみが「アンコ椿は恋の花」をうたっていた。あのコブシがいいねえ、と父の仕事の仲間が言う。着物の柄や髪型、顔だちにしても、古いのか新しいのか、若いのか年をとっているのか、よくわからなかった。デヴュー当時、都はるみは十六歳だった。

スクールバス

妹が小学校に入学する頃だったのか、それ以前だったのか、記憶がはっきりしないけれど、木頭村にスクールバスが導入された。この導入までは、一時間かけて学校に通っていたのだけれど、その頃は、そういうものだと思っていたのだろう、大変だという気はちっともしなかった。それどころか、寄り道しながら野の花を摘んだり、山からの湧き水を飲んだりして歩いたときの、陽《ひ》のまぶしさが目に焼きついていて、その経験こそがかけがえのないことのように今では思う。

雨で崖崩れした幅の狭い道を歩いているとき、道路工事の男の人たちにからかわれたこともある。それさえも、ちっともいやな思い出ではない。一人前の女性として扱ってもらえたような、子供のくせにどこか誇らしいような気持ちの芽生えのほうがリアルに蘇ったりする。

それにしても、姉妹でもこれだけ性格が違うのかと母が呆れていたぐらい、姉と私、私と妹とではまったく異なっていた。それは、とくに妹とわたしの場合、登校時に顕著に現われた。

妹が傘をさして、玄関先で「お姉ちゃん、早く！」と言っている。母が妹に、「純ちゃん、お姉ちゃんの長靴も出してあげて！」と言いながら、わたしの服のボタンなんかをとめている。妹が待ちきれずに、「お姉ちゃん、早く早く！」と叫んでいる。母が妹に、「純ちゃん、お姉ちゃんの傘も出してあげて！」と言いながら、わたしの筆入れをカバンに詰めている。外では妹が、すぐに飛び出せるようにわたしの傘まで開いて、待っている。

そのうち、スクールバスが家の上の隧道《すいどう》を出たのがわかる。お腹の底へと鳴り響くような音がするから、わかるのだ。隧道を出たら、ヘアピンカーブを曲がって、バス停まで五分で到着する。その音を聞いて、妹がたまらず駆けだす。母が叫ぶ。

「純ちゃん、スクールバスを止めて、待っててもらって！　お姉ちゃんがあとから来ますからって、待っててもらいなさい！」

おまけに、妹は走るのが速いが、わたしは遅いものだから、その差は開く一方である。畦道《あぜみち》を駆け上がって、ハァハァしながら県道に着くと、妹の心配そうな顔と、運転手さんの、またこのパターンか、という顔とがセットになって、わたしを待っているのだった。その頃、姉は徳島県阿南市にある高校に入っていたのだろう、姉とこの朝の時間を共有した記憶がない。

わたしが中学二年生になって、一家は西宇から学校のある和無田へと引っ越した。今度は、学校まで十分もかからない。スクールバスも利用しないですむけれど、それでも、わたしの性格があらたまるわけではない。妹はわたしを待つことなく、ひとりでさっさと学校に行くが、わたしはたちまちのうちに遅刻の常習犯となってしまった。

大人になっても、性格はあらたまらない。たまたま家にいて目撃したのだけれど、会社勤めを始めた妹の、朝の準備は完璧だった。ご飯を食べて、洋服も着て、すべて終わって、出かけると決めている時間まで、ゆったりと椅子に坐ってテレビを見ているのだった。わたしは、余裕を持って出かけられる妹に感動すら覚えた。理想の姿を見た。

自分には、それができない相談であることは身に沁みてわかっている。人には言えないが、痛い目にもあっている。飛行機に乗り遅れたこともあった。かろうじて仕事には遅刻はしないものの、プライベートではずるずるとやってしまう。

ある日、その問題がやり玉にあがった。たまたま集まった人が三人（男性）とも、わたしの被害にあった人だった。集中攻撃を受けたわたしは、居直って宣言した。

「もう、誰もわたしと約束しないでほしい。それから、万一、約束しなければいけないときも、何時ではなく、何時頃、としかわたしは言いません」

みんな、呆れて笑いだした。自分への憤りが、あまりにもお門違いの方向へ飛んでいった。

阿南市

学校から帰ると、テレビを見ていたおじいさんが、声をかけてきた。ほら、今、アポロから船長が月に降りたところをやっているよ。見ていきなさい。

一九六九年七月二十日、高校生だったわたしは、下宿先のおじいさんの部屋にあがって、一緒にテレビを見せてもらった。アポロ11号の月面着陸は、わたしの高校三年間に起きた、世界的に大きなニュースのひとつだった。

先日、つい一週間ほど前、筑波にある宇宙開発事業団（NASDA）に仕事で出かけた。行くにあたって、資料に目を通しているうちに、アポロ11号のことを思い出した。すると、下宿先の二階での生活、共同で使った炊事場のこと、当番制のトイレ掃除のことなどを思い出した。

あの暑かった日は、ほんの昨日のようにも思えるのに、もう、二十七年も昔のことになる。あのとき、おばあさんは、アルツハイマーみたいな病気になっていたのだろう。きちんとした会話を交わした記憶がない。今はもう、おじいさんもおばあさんも、亡くなってしまっているだろう。

わたしが通った阿南市にある富岡東高校は、昔の女学校で、圧倒的に女子学生の多い学校だった。姉もまた、同じ高校に通った。しかし、姉は三年間、寮生活を全うできたのに、わたしはできなかった。二年目に下宿生活に切り換えた。どうにも、共同生活が苦手なのだ。というより、単にわがままなだけなのかもしれない。

寮から学校に通う道に、土手があった。えんえんと歩くなか、何も遮るものがないせいで、朝から日差しを真っ正面から受けて、たちまち日焼けしてしまった。

街なかに入ると、今度は工業高校の学生と道ですれ違わなければ、学校に行けないのだった。道のはじっこを下を向いて歩くので、張り出している看板に頭をぶつけたときは、涙が出るくらい痛かったけれど、何事もなかったように歩きつづけた。

それが毎日続くと、さすがに苦痛だった。自転車を購入して、自転車通学に切り替えた。遅刻をしそうになって、猛スピードで校門に滑り込んだときだ。キーッというブレーキ音が背後でして、車が止まった気配がした。ちょうど全校生徒の朝礼の日にあたっていて、うしろも振り向かずに教室から講堂へと走り抜けた。

今朝ほど、校門の前で、生徒の乗る自転車のせいで、あやうく事故を起こしそうになった車がありました。この学校の生徒だということはわかっています。自転車に乗るときには、前後左右、くれぐれも注意するように。校長先生が、いろんな話のあとで、そう付け加えた。わたしのことだとは、もちろん、わかった。

下宿先は、学校のすぐ目と鼻の先にあった。これでラクラク通学、とは思ったけれど、遅刻とは相変わらず縁が切れない。

遅刻をしそうになったからといって、畦道を横切ってこないように、ちゃんと正門から入るように。家庭科の先生で、行儀作法に目を光らせている女の先生から、授業中、なんとなくわたしのほうを向いて言われることも、一度や二度ではなかった。畦道を走りながら、窓からじっと見ている先生の視線を感じたことも、一度や二度ではなかったけれども。

その先生の授業は、また苦手中の苦手だった。着物を縫いあげる課題のときも、途中でどうしても仕上げられないような気がしてくるのだった。郵便で母に送って、母に仕上げてもらったこともあるし、最終課題は、母が下宿に来たときに、仕上げてもらった。

糸かがりは、右からすればいいのか、左からすればいいのかもわからないのだった。右から左へ縫っていけばいいのよ。そのときの母の言葉を、今でも思い出すことがある。右から左へ縫っていけば、大丈夫、なんとかなるのだ。

徳島

　昼休みに、何気なく教室の窓から外を見ると、中内正臣先生が花の手入れをしているのが見えた。そういえば、昨日の放課後もそうだった。ひとり黙々と花壇に水を撒《ま》いていた。中内先生が数学の一教師としてではなく、ひとりの人間として、わたしの視野のなかにこの日を境に入ってきたような気がする。

　やがて、高校三年になると、先生はわたしの副担任になった。だからといって、数学が得意になるわけではなく、もう手がつけられないほどだったけれど、先生はそれをあまり気にしているふうでもなかった。噂によると、先生は日本共産党のバリバリの党員だということだった。

　その頃、フォークソングの集会が徳島でも開かれていて、近くでは阿南高専の学生たちが中心となって、いろんな集会を開いていた。わたしは友だちを誘って、そこに出かけて行った。二、三度、行った頃だろうか、生活指導の教師が授業中に現われて、山本、ちょっと、と言って、わたしを教室から連れ出して、お説教をするのだった。

それでも、わたしは行くのをやめなかった。フォークソングの集会には、何かがあると感じていた。すると、どこで調べたのだろうか、授業中にまた、生活指導の教師が現われて、わたしを呼び出すのである。わたしは、またですか、そう、せいいっぱいの減らず口を叩いて、教師に従いて行くのだった。わたしには悪いことをしているという意識はちっともなかったし、実際、フォークソングの集会で何が起こるというわけでもなかった。

しかし、わたしはやがて、一人の男の子を好きになってしまうのである。ある朝、朝刊を見ると、藍場公園で行われたデモで、阿南高専の何人かの学生が停学処分になったという記事が出ていた。そのなかに、わたしが好きになった人も入っているのがわかった。その人は五年生だった。卒業はできたけれど、結局、その年、どこにも就職はしなかった。

わたしは東京の銀行に就職が決まっていた。きみに従いて東京へ行くよ。あとは、そのときに決めればいいから。東京にやってきたその人は、日野市にある、大きな自動車会社の季節工員に応募した。新聞の求人欄に出ていたのだ。

その時期、中内先生は、わたし自身でさえ目まぐるしかった一連の心の動きや行動を、静かに見守っていてくださった。

自分に自信を持ちなさい。あなたには、あと、それさえあればいい。ある日、先生は、そうおっしゃった。それは、わたしだけにはよくわかる言葉だった。他の人から見れば自信家に見えたかもしれないわたしだけれども、先生はちゃんとわかっていてくださったのだ。わたしが、自分に全然自信が持てないということを。先生のその言葉を、わたしは何年間もお守りのように身につけていた。

去年の十一月十日、母の十年祭で高知に帰るとき、徳島で三年ぶりに中内先生とお会いした。松茂飛行場へと、先生は住まいのある那賀郡相生町から車を運転して、出迎えてくださった。あらためてお歳を伺うと、七十一歳になられていた。ということは、わたしが教わった頃、ちょうど今のわたしぐらいの年齢だったということになる。

いろんな生徒がいたことだろう。わたしは、いたずら心で先生に聞いてみたくなった。先生、わたしはどんな生徒でしたか。静かな生徒だったね。でも、烈しいものを持っているということはよくわかった。そういうことってわかるものなんですか。それぐらい、わかるよ。わからなければ、何十年も教師は勤まらないからねえ。

今は、学校を退いて、相生町の町会議員をされている。町長もまた、先生の教え子なのだそうだ。先生の運転で、徳島市内をまわる。藍場公園の駐車場に車を止めたあと、先生とベンチに並んで川の流れを見ていた。時間もゆっくりと流れていった。夕暮れには、まだ少し時間があった。

約束

又川（勝美）のおじさん、お元気ですか。もし、できることなら、もう一度、お目にかかりたいと思います。もうずっと前、わたしたち一家が徳島にいたとき、おじさんがやって来ました。わたしは小学三年生ぐらいだったでしょうか。とても可愛がってくださって、わたしもなついて、一緒におふとんで眠りましたね。

そんなある日、家族みんなで囲炉裏を囲んでいたとき、おじさんがこう言ったのです。お父さんとおじさんとどっちが好きか。そのとき、わたしはおじさんのひざの上にいたんですよね。誰もが一瞬黙って、わたしの答えを待っている様子でした。わたしはちょっと考えたあと、お父さんだ、と言いました。それを聞いて、おじさんも父も母も、みんなホッとしたように笑いました。

この子のこういうところが好きなんだ、とおじさんは言いました。賢い子だ、と言いました。わたしはとっさにそう答えたのですが、ほんとうはおじさんも大好きだった。でも、どちらが好きかとたずねられたら、お父さんだ、と答えなければいけないと思ったのです。その答えを、おじさんも望んでいることを、頭のどこかで知っていました。

おじさんは一年に何か月かの間、こちらに来て、また高知に戻って行くということを繰り返していましたね。三年間はそんなふうにして、おじさんと会ったり、別れたりを繰り返していた気がします。

別れている間は、おじさんがまたいつ来るのか、待ち遠しかった。今度、東京に連れて行ってあげるよ。おじさんはそんなことも言いました。東京って、どんなところ？　わたしが無邪気に訊くと、生き馬の目を抜くと言われるところだよ。わたしがそれでもわからないでいると、日本の首都で、高い建物がいっぱい建っていて、人もいっぱいいて、怖いところだけど、でも、おもしろいところ。

わたしの体のなかに、「東京」という地名が侵入してきたのは、おそらくそのときが初めてだったような気がします。東京に一緒に連れて行って！　おじさんとふたりで日本地図を開いて、東京の場所を確かめたりして、いつか行く東京のことを思ったりしました。

おじさんは子供のわたしを話相手にしていたかと思うと、「ハートブレイクホテル」という歌を口ずさんだりしました。「ハートブレイクホテル」って、どういう歌なの？　なんでも知りたいわたしがそう訊ねると、失恋した男の人の歌なんだよ、女の人にふられる男の人の歌なんだ。おじさんは子供のわたしを相手に、そう、言いました。ふーん、わかったような、わからないような。けれども、それ以上、訊ねてはいけない事柄のように思えました。すると、おじさんは、「恋に破れた……」と、また歌いだしました。

もう、来年はやってこない。そう、おじさんは心のなかで固く決めていたのでしょうか。ふたりだけで散歩に出かけたとき、わたしの指を、五本、二本、三本、四本の順番で握って、こう言ったのです。もう、当分は会えないかもしれないけれど、いつか、ふたりで、散歩、しましょう。約束だよ、と。もう会えなくなるなんて、わたしはいやだと思いました。たえられない。

その、おじさんとの約束を果たしたのは、高校を卒業して、上京するときでした。わたしとおじさんは、高知の帯屋町を散歩しましたね。途中、文房具屋に入って、わたしに万年筆を買ってくださった。卒業のお祝いだよ。

出発は高知港からでした。それも、夜。おじさんは、息子さんの高専生の哲さんと見送りに来てくださった。なぜ、そんなルートをとったのか、よくわからないけれど、テープを持つのが悲しかった。

それまで、飛行機に乗ったことはなかったから、飛行機のことはわからないけれど、汽車の別れのほうがましだと思いました。あんなふうに別れると、永遠の別れのように思えてしまいます。二十数年も前のあの光景が、遠くのほうで、浮かび上がるときがあるのです。

II

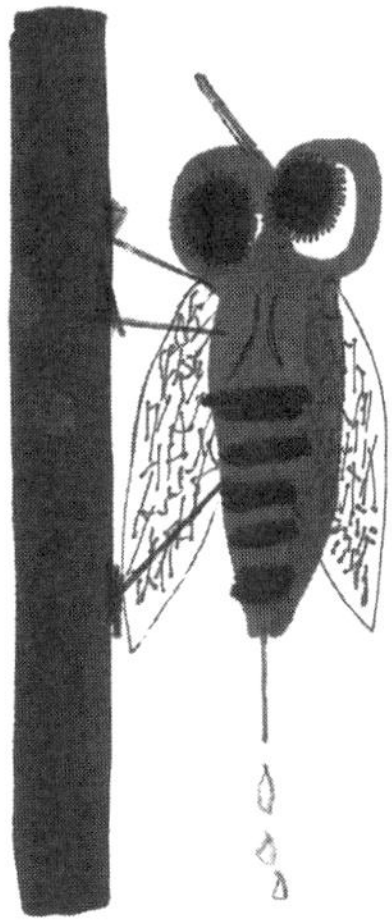

黒田アパート

今日は、わが家に洗濯機が届く日である。知り合いから、廃棄処分寸前のそれを、五百円でゆずってくれるという話があったのが、二、三日前。これで、やっと手洗いから解放されると思うと、うれしかった。

朝から待っていると、お昼過ぎに軽トラックの音がして、ついに洗濯機がやってきた。松山さんともうひとり、知らない人が洗濯機を荷台から降ろしている。藤川さんも部屋から出て行って、一緒に手伝っている。そのそばに、わたしも立っている。立っているだけで、なんの役にも立たないのだけれど。

黒田アパートで藤川さんと一緒に暮らし始めて、数か月しか経っていなかった。ままごとのような生活。わたしは毎朝、新宿にある銀行まで中央線に乗って仕事に行くのだった。

春先にあった一週間ほどの研修期間には、六本木に通った。そこでは、お札を数える練習をした。よく、銀行員がたくさんのお札を両手を上手に使ってさばいているが、あのさばき方をダミーの紙を使って練習するのである。一枚ずつ数えるのは、新品のお札であればあるほど難しい。くるっと扇型に開いて、二と三、二と三、というリズムで五枚を二十回分数えて、百枚にする。こっちのほうがダイナミックで、速くてまちがいも少ないように思う。

銀行に勤めて、よかったことといってとくに何もないけれど、お札の数え方だけは上手になった。一度身につくと、いつだってできるものだけれど、銀行を辞めれば、ふだんはそんなに大きなお金を扱う機会がないので、せっかく習得したこの技術を使う機会にも恵まれない。せいぜい二、三十枚を数えても、緊張感がない分、かえってまちがえたりすることもあるぐらいだ。

一方、藤川さんは新聞広告で近所の自動車会社の季節工の就職先を見つけていたので、ちょっとそこまで仕事に行ってきます、という感じで勤め始めているのだった。

地域の同じセクトのなかに、労働運動の活動家も学生運動の活動家もいて、けっこうつながりがあった。いわゆる青ヘル、赤ヘル、黒ヘルといったおおざっぱな区分けをすれば、ついこの間までは学生だった藤川さんだけど、ここでは青ヘルの労働者の側に入っているのだった。この区分けは全国どこに行ってもあって、徳島から上京してきた藤川さんだが、すぐに地域の人たちと仲良くなった。

洗濯機を運んでくれた松山さんも労働運動の活動家で、小学校教師の彼女もそうだった。今から思えば年齢的にはわたしと十歳も違わなかった人ばかりだと思うのだけれど、みんな大人に見えた。わたしと藤川さんのままごと生活を見守ってくれているかのようだった。

一度だけ、松山さんの家に遊びに行ったことがある。子供はまだつくらないのよ。彼女はそう言っていたけれど、部屋のなかには、いろんな生活道具が揃っていて、家庭の雰囲気がきちんとあった。藤川さんも優しかったし、みんな優しかった。みんなのなかでいちばん年下という気分を味わったのは、人生のなかであのとき限りだったかもしれない。

わたしは銀行から帰ると、藤川さんに勉強を教えてもらった。私塾である。来年、大学を受験したいというわたしに、藤川さんは丁寧に数学なんかも教えてくれた。部屋が少しぐらい汚くても、料理を作れなくても、藤川さんは何も言わなかった。

ただ、一度だけ叱られたことがある。駅で待ち合わせをしていたのに、例によってぐずぐずしていて、大遅刻をしたことがあった。ごめんなさい。謝ると、ごめんなさい、という言葉をそんなに軽々と使うのはやめなさい。ほんとうに悪いと思ったら謝らなくてもいいから、次からはそれをしないことだよ。

そんなにも優しくて、いい人だった藤川さんと、今は一緒にいない。五百円の洗濯機は、少しだけ活躍して、壊れてしまった。

自殺者

夢を見たの。寂しい川原に何人かの男がいて、そのなかに、あなたがいた。みんなは黙々と川原を歩いていて、やがて立ち止まる。あなたを囲んで、立ち止まったの。そのなかの一人があなたを投げ飛ばすんだけど、あなたは、ほら、体操部に入っていたから、空中でぐるっと回転して、上手に着地するの。するとまた、男があなたを投げる。今度も、あなたはきれいに着地する。あなたは体操部に入っていたから大丈夫なんだ。そう信じきって、わたしは遠いところで、その様子を見ているの。

その朝、目覚めたときに、彼はまだ帰っていなかった。だから、帰ってきたときはホッとして、夢の報告を無邪気にしたのだった。

ところで、ゆうべはどうしたの。何かあったの。わたしが訊ねると、きのうは豚箱に入っていたんだよ。石黒さんと二人で夜中にビラを電信柱に貼っていたら、警官に呼び止められて、逃げようとすると威嚇射撃をしてくるんだ。威嚇射撃って、ピストルで撃つの。そうだよ。もちろん、空に向かって撃つんだけれど、立ち止まらずにはいられないように、脅かすんだ。それで、そのまま豚箱行き。ゆうべは、だから、石黒さんと一緒に豚箱に入っていたんだよ。その日は、だけど、わたしの夢が正夢になるなんて、思ってもみなかった。数日ののち、彼はわたしが見た夢のような目に、実際に遇ったのだそうだ。

会社を出て、しばらく歩いていると、車がすーっと止まった。なかから二人の男が出てきて、その二人に両腕をつかまれて、車のなかに押し込まれたのだそうだ。人気のない川原に連れて行かれて、会社を辞めろ、と脅かされたのだそうだ。

その頃、彼は季節工として、H自動車で働いていた。最初はすんなり入ったのだけれど、履歴書を見て、おかしいとひっかかった人がいたらしい。国立の高専を出たばかりの男が、なぜ季節工に応募してきたのか。

それで、調べあげたら、彼が学生運動をやっていて、高専時代に停学処分も受けていることがわかった。だけど、彼はなにも労働運動をその会社で起こそうと思って、勤め始めたわけではなかった。わたしが上京したので、一緒に上京して、さしあたって食べていかなければいけないから、新聞で仕事を探した、というだけの話だった。

会社はしかし、彼が労働運動をするために、わざわざ入ったものだと思い込んだ。辞めないのなら仕事を与えない、といういやがらせを始めた。それでも、彼は辞めなかった。鉄くず拾いとか、仕事を探しだして、黙々と勤め続けた。そうした矢先だった、二人の男に脅されるという事件が起きたのは。

そのことがあって以来、アパートには石黒さんや他の仲間たちが代わりばんこに泊まり込んでくれた。石黒さんは静かな人で、本をいつも読んでいるような雰囲気の人だった。出身は鳥取県で、なんでも父親が自衛隊に勤めていて、自分の理想と父親の理想が食い違うため悩んでいる、という話を聞いたことがあった。けれど、自殺をするまで思いつめていたとは誰も知らなかった。

夏の終わりの早朝、石黒さんがやってきて、不当解雇撤回闘争「F君を守る会」で使っていた謄写版を預けていった。

こんなに朝早く、どうしたんですか。うん、ちょっと旅行に行こうと思って。

夜はまだ明けきっていなかった。その日に限って、アパートのドアの前で、わたしは石黒さんの去っていくうしろ姿を見た。石黒さんは急ぐ様子もなく、少し俯きかげんで歩いて行った。アパートの角を曲がるまで、なぜか目を離すことができなかった。それが見納めになった。

その足で、石黒さんは北海道に渡って、函館山を死に場所に決めた。いや、決めたのは、東京のアパートでだったのかもしれない。そうでなければ、いくら几帳面な石黒さんでも、二か月分の部屋代を先に払い込んだりしない。

ルノアール

雪の日だった。

国立の駅から線路沿いに少しだけ歩くと、しもたや風の家があった。新聞の折り込み広告のなかに、デパートや不動産のチラシにまじって、ペラ一枚の、一色刷りの、多摩地区のアルバイト募集のチラシがあった。わたしはこの日、面接にやってきたのだ。

前年に、徳島の高校を卒業して東京の銀行に就職はしたものの、やっぱり大学に行きたいと思い、その年は予備校に通うつもりだった。住まいは日野市にあった。即、採用にはなったものの、不安だった。今までアルバイトの経験はなかった。わたしにもできるのだろうか。

「家庭教育研究会」という会社で、家庭学習参考書を訪問販売で売りさばくという仕事である。立川や国分寺などをてくてくと歩いて回った。営業成績が非常にいい学生もいて、わたしなどはその日によってまちまちだった。寒いでしょうと言って、家にあげてくれて、お茶やお菓子を出してくれたところもあった。ただ、そこには児童はいなかったりした。

一週間ほどしたら、責任者の武田さんから事務のほうに移るように言われた。きみにはこっちのほうが向いていると思うから。電話番と、仕事を終えて戻ってきた学生さんたちにお茶を出したりする仕事。それは、外を回るより、わたしにとってはずっと楽だった。

武田さんは岩波書店に勤務していたのに、ここの社長に引き抜かれた人だということもおいおいわかってきた。なんでも、広島出身で、家はお寺なのだそうだ。

そのうち、わたしは予備校に通うようになったり、高知に戻っていたりで、そのアルバイトはいちおう辞めた形になった。

次に武田さんと会ったのは、大学に入ったあとだった。ある日、電話がかかってきて、今度、茗荷谷の駅ビルに事務所が移るので、できたら手伝ってほしいと言う。

「ルノアール」でウェートレスのアルバイトもやっていたので、昼間の二、三時間だけという約束で行く。二十畳くらいの広い事務所には、わたしひとりしかいないのだった。そんなに学習書が売れているとも思えなかった。わたしが文章を書くのが好きだと言うと、会員向けに発行しているパンフレットに、コラムを書かせてくれたりした。武田さんはそのとき、三十二歳、わたしは二十歳だった。武田さんにはきれいな奥さんもいて、事務所にやって来たこともある。

ある日、きみの二十歳の記念に写真を撮りたい、と武田さんに言われた。裸で撮るのか、服を着たまま撮るのか、訊ねなかった。なぜか、訊ねるのが怖かったのだ。もし裸になるとしても、武田さんにならいいと、気持ちのどこかで思い始めていたのかもしれない。それほど、武田さんは優しくて、大人だった。

茗荷谷の駅の近くにマンションを借りていて、武田さんが先に階段を昇る。わたしはそこに、初めてついて行った。畳敷きの八畳間。ファンシーケースが部屋の隅にあるだけで、他には何もない部屋だった。掃除が行き届いていて、チリひとつなかった。二十歳のわたしが見ても、武田さんの孤独が伝わってくる部屋だった。

わたしをここに呼んだほんとうの理由を、その部屋が一瞬にして教えてくれた。アルバイトをしなくても、僕が学校に行かせてあげる。ずっと言おうと思っていたことなんだ。武田さんは、そう言った。そういうときの武田さんは、なんだか、わたしにお金がなくて、自分にお金があることを恥じているような感じだった。

どこでまた、狂ってしまったのか、その武田さんの様子が、わたしを傲慢にさせた。明日からもう、茗荷谷には来ません。わたしは武田さんの申し出を断った。それでも、渋谷の「ルノアール」のアルバイトは続けていた。ある日、お店にやってきた武田さんの姿を見かけたときは、懐かしくて謝りたくなったけれど、そうはしなかった。

アルバイトばかりして、学校に行かなくていいの。武田さんは寂しそうな顔で、そう言った。

島

仕事で駒沢大学のそばに行ったことがあった。もう五、六年前になるのだけれど、校門の並びの「マロン」という名だったと思うが、その喫茶店は健在だった。わたしが学生の頃にできたその店は、当然古くなっていたけれど、今も営業していた。校門から出てきた四、五人のグループのなかに、赤い靴をはいた女子学生がいて、みんなに取り囲まれるようにして、駅のほうに向かって歩いて行った。新玉川線に乗って、これから渋谷に出るのだろうか。わたしたちが学生の頃は、渋谷までの往復はバスしかなかった。

「島」は健在だろうか。わたしは、歩を進める。ところが、「島」はすでに喫茶店ではなかった。ジーンズのお店に変わっていた。なかを覗くと、レイアウトはそのままのような気がした。店のなかには若い男の子がいて、ちょうど階段を上るところだった。入口のすぐに、二階へと上る階段がある。この階段を、オーダーを聞いたり、珈琲を運んだりで、一日に何度も往復した。

渋谷の「ルノアール」を辞めたあと、わたしは「島」でアルバイトを始めた。メニューといえば、イギリスパンにシュガー入りシナモンをまぶしたものと、ビーンズなどのスープのセットがメインの、紅茶と珈琲の美味しい、その頃に流行ったガロの歌がぴったりの「学生街の喫茶店」なのだった。

アルバイトの女の子は、みんな英国の国旗が印刷されているエプロンをかけて働いた。マスターは口髭を生やした小柄な人で、恰幅のいい、しかし少年のような心を持ったオーナーもときどき顔を見せて、わたしたちを箱根まで社員旅行(?)に連れて行ってくれたこともあった。

ある日、二階に珈琲を運んで行ったときのことだった。あ、きみ、ここで働いていたの。その人は、そう言って、驚いた顔をした。はい、とわたしが返事をすると、あんな薬を飲んだりしちゃあ、だめだよ。その人は、角にある薬局の薬剤師さんなのだった。

睡眠薬ください。ぼーっとした顔をして、その角の薬局に行ったことがあった。その日から一か月も経っていなかった。睡眠薬は今は売っていないんですよ。じゃあ、それに代わるものを売ってください。睡眠誘導剤なら、あるけれど。じゃあ、それください。

わたしはひたすら眠っていたかった。考えることや決断することに疲れ果てていたのだった。眠ってさえいれば、明日はかならずくるわけだし、何日もそれを繰り返せば、いつかあの人も帰ってくるだろう。

大学のそばにある三畳の下宿先だった。ベッドの他にはスチールの本棚があるぐらいだった。FM東京を聴くためのラジオもあった。働く時間帯によっては、DJのハマシマノブコさんがセレクトする歌の番組を聴き終えたあと、「島」に出かけて行ったことも。

あの人は全共闘の活動家で、国際部長をやっていた。なんでも重信房子とも同席したことがあったという話も聞いた。何にも言わないで姿を消してから、もう何日も経っているのだった。わたしにも言えないほどの重要なことって、ほんとうにあるのだろうか。わたしにはよくわからなかった。

ある日、神奈川県にあるロックアウト中の大学に呼ばれて行った。そこに、あの人がいた。けれど、あの人は何も言わずに、幹部だという人が屋上にわたしを連れ出して、あいつのことは諦めるように、と言った。

なぜ、あの人は自分の口では言えないのか。どうして、二人のことをあなたから言われなければならないんですか。もう帰ってこなくてもいい。そう伝えてください。そのとき、わたしのなかで、あの人への幻想が完璧に崩壊した。

その後、帰ってきたあの人が言った。きみが、ぼくの最後の砦だ。けれども、今更言われてもしかたがないのだった。気持ちは離れてしまったあとだった。特殊だったあの時代がわたしたちの心を離してしまったのかもしれない。しかし、それだけでもなかったのだろう。

ウェートレス

店内には、井上陽水の「夢の中へ」が流れていた。わたしは、高知の知寄町にある喫茶店で、ウェートレスとして働いていた。

いつからここで働いているの。お客さんの男の子から声をかけられた。わたしと年齢はあんまり違わない。そのとき、まだひと月も経っていなかった。あしたから、毎日来てみるよ。その男の子はそう言ってくれた。でも、あしたにはわたしはここを辞めるのだった。そう教えてあげたい気がしたけれど、そのあとの質問に答えるのが面倒だから、やめてしまった。わたしは、ごめんね、と心のなかで言うにとどめた。

その店では、ほんの短い間、アルバイトをした。広いスペースに、光が燦々と入るので、恵まれた労働環境と言えなくはない。これまで、いくつかの場所でウェートレスのアルバイトをしてきたことがあるわたしは、他の場所との比較ができるぐらいにはなっているのだった。

渋谷の「ルノアール」は地下にあった。渋谷という場所は、大学が世田谷にあって、近いというだけの理由で選んだ。そこでは、丈の短い赤いワンピースが制服だった。灰皿とか、飲み物をテーブルに置いたりするときに、下着が見えないように努力しなければならないほどだった。鉄でできている灰皿を持って、広い店内を歩きまわると、手首が痛くなった。重い灰皿だった。

そこには、宮城道雄作曲「春の海」の琴の音が、一日中、流れていて、いっけん静かなイメージだけれど、一日中、陽《ひ》があたらないせいで、どこか陰湿な空気が充満しているのだった。

わたしは大学生だったから、そこで働いている人で、わたしより年下という人はあまりいなかったように思う。みんな、年上に見えた。働いている人たち、とくに厨房にいる人などは、いろんなところを渡り歩いてきていて、今はここにいるという感じの人たちだった。ウェートレスの人たちもしかり。何がきっかけでそこに勤め始めたのか、覚えてはいないけれど、喫茶店でなら勤められると単純に思ったのだろう。

喫茶店で働いたことのある人なら覚えがあると思うけれど、単調な時間の繰り返しが延々と続く。忙しい時間帯は、それでも気が紛れる。しかし、午後の二時とか三時に、ふっと客足がとぎれたときの、あの虚しさは独特だ。ときとして、生きていることが面倒くさくなるぐらいの強烈さを伴った。陽があたっていないのに、目の前の光景が白くハレーションを起こしているような錯覚を覚えてしまう。

立地の場所によっても、その喫茶店の性格は違うのだった。高知の繁華街、細工町にあった「みにょん」という喫茶店は、おしゃれなお店だった。夜の商売をする人たちが、仕事の合間に入るとか、仕事の前にちょっと入るというお店でもあった。一緒に働いているのは、中野さん、通称〝中ちゃん〟と呼ばれている男性だった。夜は盛り場を女装して歩いているということだった。午後に客足が止まると、ちょっと行ってきます。お店、お願いね、と言って、パチンコへ行くのだった。まだ、二十歳そこそこのわたしにとって、〝中ちゃん〟は大人の世界を感じさせる存在だった。

「みにょん」の隣にはクラブがあった。その店の女性が勤めに入る前に、「みにょん」で珈琲《コーヒー》を飲むことがあった。きれいな人だった。ある日、外に買い物に行って店に戻るとき、その女の人がママと一緒にクラブの前に立って、客を送り出しているのが見えた。長いドレスを着ていた。お店に来たときもほとんど口をきかなかったけれど、そこでも静かにお辞儀をしているだけだった。また来てね、とも言わなかった。

それを、ちらっと見たとき、また大人の世界に近づいたような気がした。その人のお父さんが高知大学の教授なのだということは、〝中ちゃん〟から聞いた。

リターン・トゥ・フォーエヴァー

十代の終わりから二十代いっぱいにかけて、わたしは高知と東京とを行ったり来たりしていた。その十数年の間に、わたしはいろんなことを終えてしまった。

妊娠、結婚、出産、父の死、離婚、……こうして書き出すことができる事柄は、私的ではあるけれど、お役所とつながる社会的なことでもある。けれど、そうではない、さらっとは書いてしまえない、記録には残らないことのほうもまた、多く終えてしまった。

「リターン・トゥ・フォーエヴァー」という曲に出会ったのは、二十歳の頃だった。初めて聞いたのは、高知大丸の裏側の露地裏にあった「木馬」というジャズ喫茶でだった。

「木馬」に初めて行ったのは、二十歳になったばかりのときだ。それをよく覚えているのは、連れて行ってくれた同い年のいとこが、僕ももうすぐ二十歳になる、一足先に二十歳になったお祝いに、本を買ってあげる。そう言って、わたしを本屋さんに連れて行ってくれた日だからだ。

わたしは本棚にあった「中野重治」がいいと言って、それを買ってもらった。新潮日本文学のシリーズものだ。今思えば、どうして中野重治なのか、よくわからない。時代の何かに反応していたのかもしれないけれど、わたしにとって、中野重治という作家は、二十歳の記念にいとこから買ってもらった本の作家として、今でも存在しているような節がある。

わたしは買ってもらったその本を持って、「木馬」に行った。いとこのあとから入って行くと、薄暗くて、けっして健康的な雰囲気ではない店の全体が見えた。けれど、嫌いではなかった。いとこは、お店の人と気軽に挨拶なんかしている。階段を二階へと登りながら、ここによく来るの、と尋ねると、うん、ときどきね、といとこは答えた。いとこが急に大人びて見えた。

二階も薄暗いのだけれど、一階ほどではなかった。まわりを見回すと、一人で、目を閉じてジャズを聞いている人の姿が目に入った。そこで、いとこはさっき買ってくれた「中野重治」の本にサインをしてくれた。〝TO KAZUKO〟と書いて。いとこのするいろんなことが、大人びて見えるのだった。もっと、おしゃれな本にしておけばよかった、とあとでは思えるが、そのときは、何の違和感も感じなかった。大人びた「木馬」で、おしゃれでもなんでもない「中野重治」の扉に、サインをしてもらった。

いとこは、「中野重治」には、ただ、選ばれた本といった以上には何の感情も持っていないようだった。たとえ選んだ理由を尋ねられたとしても、わたしに答えられたかどうかも心もとないが。いとこは本を贈って、そこにサインをする、その行為が気に入っていたのだろう。そして、それがとても板についていた。

その日、いとこは黒くて長い、マントのようなコートを着ていた。それを着て、当時住んでいた東雲町の家から、ふたりで歩いてやってきたのだった。途中で、小さな公園を幾つか通った。寄り道をしながら、これからのことを話しながら、歩いた。一月だったけれど、寒くはなかった。月は出ていたのかどうか。街灯があちこちで灯っていたし、月の存在を意識するほどには暗くなかったということだろう。歩きながら、もう二十歳になってしまった、と何度も思った。

「木馬」には、ひとりででも行けるようになった。「リターン・トゥ・フォーエヴァー」を聞くと、夏の暑さから逃れて、「木馬」に座っていたときのことが蘇る。ジャケットのせいもあるのかもしれないが、海を越えて、涼しい風が渡ってくるイメージが拡がる。

治らない病と闘っている父を病院に見舞ったあと、泣きながら自転車で「木馬」に行ったことも何度かある。日常から逃れて、「木馬」に行ったあと、何かを諦めるようにして、自転車で家まで帰った。

余生

高知と東京とを行ったり来たりしているうちに、家にも帰らず、行方不明になったことがあった。母親にも知らせなかったので、心配した母親が知り合いの人のツテで祈禱師のところに行って、わたしの行方を聞いたこともあったらしい。その祈禱師からは、わたしは無事に生きていますよ、というふうに言われたのだそうだ。心配ないですよ、と。

その頃、わたしは高知出身の女の子のアパートに居候をしていた。その子のところに、Sから問い合わせの連絡が入ったらしいが、その子はきっぱりと、知らない、とはねつけてくれた。今ではその子の名前も忘れてしまうほど、浅いつきあいだったにもかかわらず、わたしをかばってくれた。わたしより年下だったその子は、六本木で夜のアルバイトをしているのだった。

もう、そろそろ動きだしてもいいかな、そう思って、お茶の水にあるアテネ・フランセに授業を受けに行った。それがあまかった。ふと気がつくと、Sが入口のところに立っているのだった。わたしはそのまま元のアパートに連れ戻され、そして妊娠した。

妊娠は二十歳のときに次いで、二度目だった。Sは、今度は産んでほしい、と言う。わたしは、いやだと言ったけれど、結局は押し切られるかたちになって、そうすることにした。もうここらへんで人生と手を打ってもいいかな、とふと思ったのだ。そのとき、わたしは二十二歳だった。これからわたしの余生が始まる、そうしみじみ思ったのは子供を産んでからだったが、Sから逃げまわることで、もうじゅうぶん人生に疲れたような気分だった。

籍を入れるということは、両親の籍から抜けるということでもある。わたしは、それさえもたいした問題ではないように思っていたから、両親にも言わないで、Sに言われるままに籍を入れた。子供を産むということは、そういうことなのだと思った。お腹の子供は六か月目に入っていた。そして、わたしもまた、子供だった。

両親はわたしの籍が抜けているということをあとから知って、当然悲しんだ。でも、そのことは、わたしには言わなかった。そんなに悲しんでいたということを、わたしは父も死に、母も死んでから、酒井の叔母から聞いて初めて知った。これまでも、両親から叱られたという記憶がなかったわたしは、好き放題で生きてきたわけだけれど、見方を変えれば、好きなだけ生かされてきたのだ、両親に。ひどい子供であった。

姉も妹も結婚式を挙げたのに、そういうわけで、わたしは何もしなかった。いきなり子供が生まれる。そう、事後報告を受けた両親にとって、青天の霹靂《へきれき》以外のなにものでもなかったはずだ。

　でも、わたしは、お腹が目立つようになっても、少し高い塀からわざと飛び下りたりして、子供が生まれないことを、どこかで願っていた。人生に手を打つ、ここらが潮時だ、なんて思ってはみても、ときどき諦めがつかなくなるのである。しかし、どんどん時が過ぎて、十月十三日がやってきた。嵐のようなものすごい天気の夜、十一時五分、二日間の陣痛のあとで、わたしは女の子を産んだ。

　翌朝、空は晴れ上がっていた。すがすがしい気分だったのは、その天気のせいだけではなかったはずだけれど、午後、助産婦さんたちの詰所の前を通ってお手洗いに行くとき、テレビで長嶋茂雄の引退セレモニーの様子が見えた。花束を抱えて、手を振っていた。長嶋茂雄に思い入れがあるわけではないが、ひとつの時代の終わり、というその意味のほうに、わたしの気持ちがわずかに反応した。

　でも、わたしのそばには可愛い女の子がいた。長嶋茂雄のことを深く考える暇もなく、お手洗いをすませると、その子のもとに戻って行った。男の子か女の子か、どちらが生まれても、名前は「恵」と決めていた。

十月十三日

たまたまなのだろうか。そんなことって、あるものだろうか。あんまりこだわるのもおかしいのかもしれないけれど、わたしの産んだ子供と、姉の産んだ子供と、妹の産んだ子供の誕生日が、十月十三日と同じなのだ。といっても、産んだ年はそれぞれに違う。気にしなければそれまでだけれど、気にし始めると、気にならなくはない符合ではある。

おまけに、わたしは、二回結婚をしているけれど、その二回とも福島県に関係がある。ひとりめは完璧な福島出身者。ふたりめ（今の夫のK）は、母親は京都出身だけれど、父親が福島出身である。両親は京都で出会って、そこで結婚しているから、戸籍は京都になっていて、しかもK本人は東京育ちだから、特別出身地に対する思い入れもなかったのだろう。Kは最初、わたしに出身地のことはどこことも言っていなかった。だから、福島と聞いたときは、とてもびっくりした。

そんなことって、あるんだろうか、よりによって。福島にわたしが行くかどうかして、そこで知り合ったのならいざ知らず、二回とも東京で知り合っているわけだから、その確率には、ちょっと神の意志さえ感じてしまう。

ところで、わたしたち姉妹の場合は、産んだ子供たちの誕生日が同じだから、まだよかったとも言える。友だちの家族の場合は、死亡した人たちの年齢が同じだった。父親と、お兄さん、だったか、そのまたお兄さん、だったか、みんな五十二歳で死んでしまったのだそうだ。

ある日、友だちの父親がふと呟いた。「俺も五十二歳になったから、近々死ぬような気がする」病気をしているとか、そんなことはまったくなかったのだそうだ。その朝、いつもと変わりなく元気に山仕事に出かけて行って、そのまま死んでしまった。そういうことってあるのかしら。その話を聞いたときもそう思ったものだけれど、そんな話が、冗談でなんかあるわけがない。なんだか、変な気分に襲われたものだ。

子供の出産の予定日は、十月三日だった。わたしは大きなお腹をして、福島県相馬市のはずれにある助産院まで、バスに乗って定期検診に出かけて行った。「早く生まれないと、若いお母さんがいづらくてしかたがないでしょうに」

内診をすませると、助産婦さんはそう言った。聞かせる相手は、お腹の子供である。わたしは堂々とそんなことが口に出せる風土に、いまさらのように驚いた。

実家の母は身体が弱く、その時期も、風邪の咳がきっかけで、血管が破裂して入院していた。

とてもわたしのお産の面倒を見られるような状況ではなかった。そのうえ、わたしはお産をあまくみていた。それがわかったのは、福島県相馬市の夫の実家に来てからである。しかも、東京での生活費の節約とかで、八月の半ばから、すでに二か月近く、夫の母親とのふたり暮らしが続いていたのだ。予定日を一週間も過ぎていた。

バス停まで、お腹を突き出して歩いた。途中、毛糸屋さんに入った。そこでも、店の若い女主人は同情してみせた。「旦那さんの実家でお産するなんて、大変でしょう」

この地域は、特に嫁と姑が対立しているのだろうか。それとも、東北地方独特の風土なのか。高知で、母がお嫁さんのことを話している様子や、よそのお嫁さんのことを話している様子からは、想像もつかなかったことだった。これが世間の常識なのか。

さらに悪いことに、わたしは彼女たちの言葉が身に沁みたのだ。毛糸屋を出ると、野生のコスモスの花の群れが午後の陽射しを受けながら、気持ちよさそうに風に揺らいでいるのだった。いつも切り売りの可愛いコスモスしか識らないわたしにとって、それは新鮮な驚きだった。たくましく見えた。そのたくましさが羨ましかった。

予定日より十日が過ぎて、わたしは福島県相馬市の助産院で女の子を出産した。二千七百グラム。これは、わたしが生まれたときの体重と同じだった。

祭り

わたしは十か月の赤ん坊を抱いて、歩いている。さっき指先で調べたら、ジーンズのポケットのなかには、十円玉が数枚あるだけ。思わず家を飛び出したものの、どうしていいのかわからなかった。当てもなく、足どりも重く歩き始めたのだけれども、しばらくして、そうだ、あの人のアパートに行ってみよう、と思った。

目標を決めると、少しだけ足どりが軽くなったような気がした。世田谷の弦巻から上馬まで、十キロ近くもある赤ん坊を抱いて、歩いた。

今夜、この時間、アパートにその人がいるとは限らなかった。土曜日だし、アパートにいるかいないかの確率は、五分と五分。すでに合鍵は返してしまっている。

歩いているうちに、少しずつ正気に戻り始める。そういえば、家を出るときに、髪を引っ張られて、振り切ったときに、ふたつに縛った髪のひとつがほどけていた。いっそ、もう一方の髪もほどいてしまおう。赤ん坊が、面白がって、髪の毛を引っ張らなければいいのだけれども。

何度か、ポケットのなかに入っている十円玉で電話をかけて、在宅を確認しようかと思ったけれど、やめた。なんだか怖いのだ。もし、いたとしても、いまさら何と言えばいいのだろう。もし、いなかったとしたら、その時点で目標すらなくなる。いろんな問題を先延ばしにするような気持ちで、歩き続けた。

夏も、終わろうとしていた。わたしは半袖のTシャツとジーンズ。赤ん坊は甚平。おむつの替えなど、もちろん持っていようはずはない。着の身着のままである。半ば途方に暮れながら歩き続けていると、遠くのほうから祭り囃子が聞こえてきた。歩いていくうちに、お囃子の音がどんどん近づいてきて、公園のまわりには、人がいっぱい溢れているのだった。小さい子供が浴衣を着て、走り回っている。

「十年はひと昔　暑い夏

おまつりは　ふた昔　セミの声」

井上陽水の「夏まつり」の歌詞が、不意に口をついて出てきた。そのフレーズを、おまじないのように何度も口ずさみながら歩いていたら、赤ん坊が眠ってしまった。腕のなかで、ますます重くなったけれど、上馬はもうすぐそこだ。何度もやって来たことがあるアパートだから、間違えようがない。

部屋の灯りはついていた。儀式のように、ポストを確かめる。この期に及んでも、まだぐずぐずしているのだった。引っ越してはいないことがわかると、階段をそっと昇っていった。昇るとそこが、その人の部屋だった。部屋から、よく作ってくれた。炒《いた》め物をしているジュージューという音が聞こえてくる。簡単な料理なら、よく作ってくれた。微かにセロニアス・モンクのジャズが流れている。ふたりでよく聞いたレコードだった。

懐かしいあの人が、すぐそばにいる。ドアをノックすれば、その人に会える。こんにちは。そう言えば、何もかもうまくいく。ドアをノックさえすればいいのよ。そう思うのだけれど、わたしは躊躇するのだった。わたしはもう、一年前のわたしではなかった。腕のなかには、赤ん坊が眠っていた。赤ん坊の顔は、この人には似ていないのだった。階段でしばらくたたずみながら、ジュージューという音や、食器が立てる音をしばらく聞いていた。

わたしは結局、ノックはしなかった。階段を降りると、夜はさっきより更けていた。その日のわたしには、今来た道を戻ることしかできなかった。公園では、まだお祭りは終わっていなかった。

わたしはベンチに腰を下ろした。赤ん坊は気持ちよさそうに、スヤスヤと眠っている。目をつぶると、あの人が車のなかからわたしにくれた、お別れの投げキッスが浮かんできた。あのとき、お別れは終わっていたのだ。だから、ノックはしなくてよかったのだ。そう、自分に言い聞かせた。お祭りだって、いつかは終わるのだもの。

シスター

わたしたちは、その人のことをマリアさんと呼んでいた。マリアさんは日本人のシスターだった。もちろん、本名は別にあった。

北海道生まれのマリアさんは、ローマ法王にも会いに行ったことのある人で、病気にならなければ、キリスト教の文献などの翻訳とか、あちこちで奉仕活動をされているはずの人だった。けれど、そのときは病気の治療で、高知の中央病院に入院しているのだった。

マリアさんは、当時、五十代の初めだったのだろうか。神に仕えて、結婚はしていなかった。高知の病院には、気候がいいから、という理由から来たのかもしれない。だから、誰か身寄りがいるわけでもなかった。

マリアさんの病室は父と同じ6A病棟だった。ここは重病人の集まる病棟で知られているけれど、マリアさんもガンの手術を受けていると聞いた。乳癌だということだった。

マリアさんは髪を肩までのおかっぱに揃えていて、いつもストンとした、白い色の、シンプルな、木綿の、ネグリジェとは言わないのかもしれないけれど、衣服をつけていたので、どことなく目立つのだった。少女がそのまま大人になった、そんな汚れのない表情をしていた。

マリアさんは、わたしの父のように寝たきりというのではなくて、病院のなかではあっても、ある程度、自由に歩けたので、転移さえしなければ、手術は成功したと言える段階になっていたのかもしれない。

マリアさんは、いつのまにか、父や母と親しくなった。マリアさんは高知に身寄りがないからと、母はそう言いながら、家のジューサーで、マリアさんのためにいちごジュースやバナナジュースなどを作って、差し入れをしたりしていた。

マリアさんのほうでも、お嬢さんたちに、と言って、綺麗な天使の絵はがきなどをくれたりした。わたしが今もずっと持っているロザリオも、そのときマリアさんからいただいたものだ。

そして、ひたすら祈ることをしてくださった。山本さんのご家族の幸せを今朝もお祈りしました。そうおっしゃって、微笑《ほほえ》まれるマリアさんの姿は、聖母マリアと重なるのだった。マリアさん――。わたしたちばかりではなく、病院の誰もが彼女のことをそう呼んだのは、自然のように思えた。

ある日、病棟に行くと、廊下の突き当たりにある窓際で、空を見上げているようなマリアさんの白いうしろ姿があった。マリアさん、こんにちは。わたしは、そう声をかけた。振り向いたマリアさんは、泣いていたようだった。

今、和子さんのお父さまのことをお祈りしていたのです。マリアさんは、そう言った。父はその頃、危険な熱のあがり方をして、朝には、危篤という電話を親戚の人たちにかけるほどの状態になり、それでも午後には持ち直す、ということを繰り返していた。そんなある日、山本さんのもしもの場合は、そのお骨をわたしに少しくださいね。山本さんも約束してくださったから。マリアさんが母に言ったという。

誰かのお骨を手元に置くということは、キリスト教の世界では、どういう意味を持つのだろう。それとも、マリアさんだけの個人的な行為なのだろうか。わたしにはよくわからないのだった。

そして、父は亡くなった。母は父の遺骨を少し渡した。神さまに仕えるマリアさんがそう言うのだから、このとき、母のなかでも一般的な常識はどこかに行ったのかもしれない。

ただ、もしかすると、少女のまま大人になったマリアさんのことだから、好きな人のお骨を手元に置きたい、それだけのシンプルな感情からくる行為だったのかもしれないとも思う。

あのときの父のお骨はどうなってしまったのだろう。ふと、思うときがある。

みんみん蟬

その年の夏は残暑がとても厳しかった。病人も看護人も、みんながぐったりとし始めていた。完全看護といっても、この病棟は重病人がほとんどで、看護人も、それを仕事にしているプロの人がたくさんいるところだ。

その年というのは、一九七七年のこと。病院増築工事をやっていた。六階の病室にまで工事の音は昇ってきて、クーラーも効いていないので、窓を開けずにはいられない夏の間、悩まされた。消灯も近くなると、やっと涼しくなる。背の高い、音のしない扇風機が静かに首を振り、酸素のボコボコという音だけが聞こえるその部屋には、もう三年前からそれなくしては生きていられなくなってしまった父がいて、何かにじっと耐えるように、静かに横たわっている。

熱がいつもより少し高いかな、と思えるだけで、いつもととりたてて変わらない。そう、父も看病の母も思っていた。その夜、父は熱を下げるための薬を普通の人の半分と、睡眠薬を普通の人より少なめに使った、いつものように。これらの分量はいつもと変わらなかったのに、結果はそうはいかなかった。そのことに気づいたときは、すでに遅かった。今度はいかんかもしれん。父は母にそう言ったのだそうだ。わたしと妹は早朝の電話で、病院に向かった。走れば、十分で病院まで着く距離である。

病院に隣接して、多賀神社がある。走ってそこまで来た途端、みんみん蟬がいっせいに鳴き始めたような気がした。もちろん、それは気のせいだ。みんみん蟬は夜明けとともにずっと鳴き続けていたのだが、わたしにはそんなふうに聞こえた。

みんみん蟬の大合唱のなかを走り続けて、病室に入ったとき、父は大きな息をしていた。そのとき、父はまだこの世に生きていた。足の早い妹は先に着いていた。

「今、和子が来ましたよ、お父さん」

母が父の耳元でそう言ったとき、父は返事の代わりに息を大きく吸い込んだ。ガーッという大きな音がして、わたしは、怖い、と思った。いつもと違うという恐怖が走った。父は、その大きな音がする呼吸を四、五回繰り返しただろうか。足の遅いわたしの到着だけを最後の力をふりしぼるようにして待ち続けていた父は、それからまもなく呼吸するのをやめてしまった。町田先生が、父の目を見たあと、ご臨終です、と言った。八月二十三日、一日が始まろうとしていた。

わたしはそのとき、二十五歳だった。

「一緒になって、何年になるかねえ」――。亡くなるその年、父は、母とふたりきりになったとき、そう言ったのだそうだ。

「和子の年と同じだから、二十五年ですよ」

「そうか。短かったねえ」

父は、姉と私と妹と、女の子ばかり持ったのだけれど、一度も、誰かに家を継いでほしいという話をしなかった。だから、これは母から聞いた話である。

「山本の家を継ぐことはない。誰も継ぐことはない」父はそう言っていたそうだ。

父は結核で死んでしまった。かつて、徳島の木頭村の病院に肋膜炎で入院をしたことがあるけれど、子供たちを育てるために完治しないままに仕事に復帰したのが、あとから思えば命取りになったのだろう。

でも、もしかすると、助かる道はひとつだけあったのかもしれない。精密検査を受けたとき、医師が結核の影を見落としたらしい。そのとき、見落としてさえいなければ、手術をして、まだ間に合う段階だったそうだ。あとで、それがわかったとき、医師は父に、申し訳ありませんでした、と謝ったという。医師もまだ若かったのだろう。父もまた、四十九歳だった。でも、父は、その医師を許したのだ、きっと。父からその話を聞いたことはなかったし、医師を悪く言ったことも一度もなかった。

海

海をいちばん近くに感じたのは、横須賀時代だと思う。毎日毎日、眺めて暮らした。クリスマスイヴの日に、東京の家を出たわたしは、横須賀に住むいとこを頼って、その日、京浜急行線の横須賀中央の駅に降り立ったのだった。五歳の子供も一緒だった。

横須賀中央は、わたしにとって初めて降り立つ場所だった。日暮れるにつれて、心細くなり、駅前のアーケードの、指定されたあたりで、所在なくいとこを待っていた。

そういえば、きょうはクリスマスイヴなんだわ、と思った。みんなクリスマスケーキを持って、ショッピングバッグを持って、楽しそうに家路を急いでいるように見える。わたしはこんなところで何をしているのだろう、幼い子供まで巻き込んで。

どこに行ったのか、今頃、家ではふたりの行方を探しているだろう。この日を選んだわけではない。たまたまクリスマスイヴに過ぎなかっただけだけれど、小さなリュックサックを背負った子供は、健気《けなげ》にも元気を出して、わたしのまわりを飛び跳ねている。何かが変だ、と感じているにちがいないのに、感じていることをわたしに感じさせないように、無邪気に跳んだり跳ねたりしている。ぼんやりとそれを見ていると、駅の方角から、いとこが歩いてくるのが見えた。その姿を見つけた瞬間、わたしは、ここが横須賀中央という、未知の土地であることを忘れた。見慣れたその笑顔は、一瞬で風景を無化するほどの力があった。

子供とふたり、海のそばのアパートで暮らし始めたのは、新しい年が明けて間もなくのことだった。

アパートのそばには小さな公園があった。散歩の途中、かならず寄った。でも、誰もそこで遊んでいないのだった。みんな幼稚園や保育園に行っていて、いない。シーソーがあったが、そこにはわたしと子供とで乗るしかなかったから、座る場所を調節しながら、バランスをとって、乗った。

ブランコもあった。子供が立ってこいでいるのを、ベンチに座ったまま、見ていた。青空の向こうへ、ブランコは時に高く上がって、飛んで行ってしまいそうな気がした。子供は何かに憑かれたみたいに、何度も青空の向こうへ出かけて行った。そして、ある一定の時間が過ぎてしまうと、かならずわたしの元へと帰ってきた。

公園のそばには魚屋さんがあった。さびれていて、繁盛しているとは言えない。わたしはそこで魚を買ったことはないけれど、誰か他にお客さんを見たこともない。商売が成り立っているとは、とても思えないお店だった。横須賀というところは貧しいところなんだ、となぜか思った。

ほんとうにそうかどうかはわからないけれど、潮のせいか、何もかも錆びついて見えて、時間から置き去りにされているように思えるときがあった。それは、しかし、わたしの気持ちとぴったり合っていたので、いやな気分ではなかった。どこか同類の気がして、この街に日毎に親しみを感じていった。日曜日など、お休みの日には、岸壁には一定の距離を置いて、何十メートル先まで釣り人が糸を垂れていた。

ここは東京湾。水平線の途中に、小さな島がある。あれは、猿島ですよ、釣り人の一人がひとり言のように、教えてくれるともなく、そう言った。猿島という小さな島にはトンネルがあって、そこは、恋人たちのデートコースになっているのだそうだ。

「恋人」という言葉が、もう取り返しのつかない、手の届かない言葉として、優しい風のなかで舞った。わたしは、それをもう一度手に入れたいという気持ちも起こらないまま、風のなかに放置してアパートに戻って行った。それを、来る日も来る日も繰り返した。

波は穏やかだった。けれど、潮の香りはしっかりとしていた。

童謡

めぐちゃんと一緒にお風呂に入っていると、わたしの胸のあたりをじーっと見て、おばあちゃんのおっぱいはどうしてそんなに長いの。不思議そうに、そう聞くから、めぐちゃんのお母ちゃんや、純ちゃんにおっぱいをいっぱい飲ませたからよ、って答えたことがあるがよ。そしたら、次にお風呂に一緒に入ったときには、あんまり見てはいけないと思っているのか、少しだけ見て、おばあちゃんは、お母さんや純ちゃんにおっぱいをいっぱい飲ませてあげたから、長くなったんだものねえ。納得したみたいに、慰めてくれるみたいに、ひとりごとを言うがよ。その言い方がうんと可愛らしい。

花に水をやっていたときに、芋虫がいたの。めぐちゃんは、芋虫は殺しちゃいけない、蝶々になるんだから。わたしに向かって、子供に言い聞かせるみたいに、教えてくれるがよ。五歳にしかならないくせに、なんだか、何かがよくわかっているような子供やねえ、と母が言う。

一緒に電車に乗っていると、お年寄りが乗ってきたの。めぐちゃんは、小さなからだをもっと小さくして、席を作ってあげようとする。わたしに向かって、純ちゃん、もっとこっちへ寄ってあげなさい。叱るように言うのよ。まわりの大人たちがくすくす笑って、それを見てるの。お年寄りは、嬉しそうに、にこにこしている。恥ずかしいやら、可愛いやらで、と妹は報告する。

角のラーメン屋さんに行ったの。おじいさんとおばあさんのふたりでお店をやっているところよ。もともとがあんまり流行《はや》っているとは言えんかったけど、今度近くに新しいラーメン屋ができて、よけいお客さんが減ってしもうた。めぐちゃんは、大人たちの微妙な空気がわかるのかどうか、おばあちゃん、角のラーメン屋さんに行こうと言う。新しいところに行こうとは一度も言わんのよ。

ラーメン屋さんに行っても、おばあちゃん、ここのラーメンが一番おいしいねえ。そう言うのよ。おじいさんもおばあさんも、そうかねえ、おいしいかねえ。そう言いながら、ほんとうに嬉しそうにめぐちゃんのことを見てたねえ。

日曜市で、花屋さんが出てたから、鉢植えで、めぐちゃんにも好きなものをひとつ買ってあげるよ、って。そしたら、選んだのがこれ。都忘れ。たぶん、小さくて、そんなに高くないものを、と小さいなりに気をつかって、選んだがやねえ。

母と恵、妹と恵の組み合わせ。母と妹は、高知ではわたしよりも恵と一緒に過ごす時間が長かった。夜遅く、恵が眠ってしまってから、今日一日の恵の行動を聞く。こんなにいろんなことに気をつかいすぎる子供を知らない。母はそう言って、顔を曇らせることもあった。恵は何かに怯えていたのか、母親との生活ができるだけ長く続くように、自分にできることを一生懸命考えていたのかもしれない。やがて、わたしも通った、宝永町にある下知保育園に、恵も通うことになる。

そこで習った童謡に「トマト」という歌があった。

トマトって　かわいい　なまえだね
うえから　よんでも　ト・マ・ト
したから　よんでも　ト・マ・ト
トマトって　なかなか　おしゃれだね
ちいさい　ときには　あおい　ふく
おおきく　なったら　あかい　ふく

母がテープに録《と》ったのだろう。五歳のときの恵の声が録音されている。その声は、子供らしくて、何の心配事もないように聞こえる。母は、結局、五歳までの恵の声しか知らないことになる。亡くなるまで、後生大事にその声を聞き続けた。一番好きな童謡をたずねられたら、母は即座に、「トマト」と答えただろう。わたしもまた、そうであるように。

この童謡は、荘司武作詩・大中恩作曲で、昭和三十一年ごろの曲だそうだ。恵が歌ってくれるまで、わたしは知らなかったけれど。

ミッシェル

高知駅に迎えに行くと、その人が改札口から出てくるところだった。春先に東京で別れて、今は夏の初めだったから、約四か月ぶりだった。

しばらくして、その人が言った。きみの身体には、会わないうちに、水商売の匂いがどこかに染みついてしまったような気がするよ。わたしはむっとしたのかもしれない。水商売の匂いって、どんな匂いなんですか。その人にたずねると、言葉では表わせないものなんだ。どこかがなげやりになっていて、くたびれているような気がする。

その説明はわたしを納得させなかったけれど、なんとなくいやな気分がした。わたしは「ミッシェル」という小さなクラブでアルバイトを始めていたし、離婚をするかしないかのところで、不安定な毎日を過ごしていたから。でも、そういう状況が、自然に身体に出てくることってほんとうにあるのだろうか。

ホテルに行くと、わたしの身体からその匂いを落とすみたいに、時間をかけて全身を洗ってくれた。わたしは身体にあてられた指や優しい目の動きを、きのうのことのように覚えている。暑い夏の始まりを予感させる一日。

シーツの上に投げ出されて、ドライヤーで優しい風を受ける。今日もこれから、「ミッシェル」に出かける前のひととき。さっきまでむっとしていた気分もどこかへ行ってしまって、身体はくたくたになりながらも、心は充たされていくのがわかるのだった。

お店に行ってしばらくすると、ドアが開いて、その人が入ってきた。あらかじめ場所を教えてあったのだ。六、七人が掛けられるカウンターがあって、ボックス席が大小合わせて三つあるだけのお店。

ママはまだ三十代後半の、笑顔は覚えているけれど、名前は忘れてしまった人。どこか大柄な雰囲気が朝丘雪路に似ていた。なんでも有力なパトロンがついているという噂だった。本当のところは何も知らない。

ママはわたしに言った。お客さまには夢を見ていただきましょう。天使のように振る舞えれば、それでいいのよ。お酒も飲めないし、いっけん、向いていないように見えるあなたのような人が、実は向いているの。とくに、うちのようなお店には。

その人は、あきらかにその場所で苦しんでいるように見えた。カウンターに一時間もいただろうか。先にホテルに戻っているから、と小声で告げて出て行った。

その人が帰ると、ママが言った。ちょっと見かけないタイプのお客さんね。女の人には慣れているように見えるけれど、ちっともその気にはなっていない人。

クラブで働いているわたしを実際に見て、苦しくなったのだと、その人はあとで言った。酒が飲めるわけでもなく、騒ぐのでもなく、接待をするのでもなく、話を盛り上げるでもないきみのような女が、ただそこにいる、それが苦しいのだ、と。一日も早く東京に戻ってきてほしい。それが僕の希望だと言った。

客は年配の人が多かった。ウイスキーはバレンタインが常時置いてあった。うちは、お医者さまやお金持ちが多いのよ。面接に行ったとき、ママがそう言って、客筋について話した。

これからもわたしと一緒にお店をやっていかない？　ママから誘われたこともあったけれど、結局はそっちの道は選ばなかった。そういえば、ＮＨＫのアナウンサーもお客さんのひとりだった。一度、電話をする約束をしたけれど、かけないで終わった。酒のうえでの約束だと思ったし、それをしたところで、「ミッシェル」以外の場所で、「ミッシェル」の女の子の顔をして会うことは、わたしにはできないような気がしたからだ。カウンターを挟んで成立する関係というのは、あるような気がする。この人とは、どこまでいっても、真に出会うことはないだろう。そんなふうに漠然と思った。

地名

はりまや橋

落日を背にして歩いていると
はりまや橋が赤く燃えているときがありました
燃える橋を渡っていると
向こうからやってきた
枯木のようにかれた男が
あっというまにメラメラと
燃えあがるときがありました
気がつくと
私も燃えていて

いつもはかなしいあの姿勢も
そのときばかりは
生きて極楽を
何度も何度もかいまみたりすることがありました
陽がすっかり沈むと
私も男も
なにごともなかったように立ちあがって
はりまや橋を北と南に
それぞれ別れていったのですが
個の重みから遠くはなれた
その日の軽さとはいったいなにだったのでしょう
じょじょの重みに抗しきれずに
ふっと舞いあがった
その場所が
なぜはりまや橋なのかも
わからないのですが

わたしの書く詩には、地名の入るものが多い。以下、思いつくままにタイトルだけあげてみると、弥生町、筆山ホテル、室戸岬、渡月橋にて、浜名湖あたり、浦戸大橋、西片幼稚園の場合、住吉海岸、横須賀物語、新宿Kホテルにて、アメリカ橋の上で、菊坂下、椎名町陸橋、井の頭公園の桜、観音崎ホテル、堀の内、手結という場所、長良川、ガンジス河まで、など。まだ、他にもあると思う。

そんなにも地名にこだわりながら、本当はそこでなくてもいいのだとも思う。そういう地名の使い方をしているような気がする。

「はりまや橋」を書いたとき、わたしは途方に暮れていた。日中は、高知市の帯屋町にある大きな靴屋さんの屋根裏部屋のようなところで、事務をとっていた。数字の上下と左右を合わせる仕事で、もっとも不向きと思える仕事だったけれど、他になかったのだから、しかたがない。新聞の求人欄を見て、面接に出かけて行ったのが、まだ春先だった。やがて暑い夏になった。じわじわと気温が上昇していく。窓もないその部屋で、汗が額から滲むのがわかる。わたしは我慢ができなくなって、クーラーのスイッチを押した。図体の大きなクーラーだから、スイッチが入ると大きな音が響きわたる。

しばらくすると、奥の部屋から社長が出て来る。このスイッチを入れたのは、誰なんだ、あれだけ言ってあるはずだろう。三十度を超えるまで、クーラーは入れてはいけない決まりになっている。クーラーを入れたのは、わたしです。わたしは社長に言う。すると、社長は、またおまえか、付ける薬がないな、みたいな顔をして、スイッチを切って、奥の社長室へと戻って行くのだった。

定時にタイムカードを押して、帰る。それから、急いでご飯を食べて、お風呂に入って、今度は夜の街へ仕事に行くのだった。大忙しのタイムスケジュールをこなすわけだけれど、母は文句も言わずに協力してくれた。父はすでに他界していた。わたしは離婚が成立するかしないかの時期だった。子供はSが東京へと連れ去ったあとだった。

わたしの決めたことは、あるところから見れば正しいかもしれない。あるところから見れば、まちがいだらけ。でも、そうとしかできなかったから、自分の気持ちにだけ服従を誓うような形で、毎日を送った。そうした日々のなかで、すれ違いだけのような、出会いもあった。今が忘れられれば、それでよかった。

杉並区

わたしは二十八歳だった。ふたたび東京に舞い戻ったとき、どこに住まいを求めるか、それほど深い考えがあったわけではない。

たまたま、武蔵野予備校時代の友だちと通ったことがある図書館が、杉並区の永福町にあった。立派な図書館で、友だちも気に入っていて、わたしはその友だちが気に入っていた。

友だちの名前は純子といった。「純ちゃん」とわたしは呼んで、連れ立って歩いた。純ちゃんは、まっすぐに育っている感じが、一緒にいて気持ちよかった。妹と名前が同じだということでも親近感を覚えた。

家は小平にあって、父親も兄も獣医さんだと言った。ときどき電話をすることもあったが、患者さんからいつ電話が入るかわからないからと言って、長電話にはならなかった。しつけがきちんとされているのも悪くはなかった。

次の年の春、純ちゃんは、明治学院大学に入学し、わたしは駒沢大学に入った。その後、わたしのアルバイト先の「ルノアール」にも顔を出してくれたりしたこともあるが、当時、すでに予備校生の頃から男と同棲をしていたわたしのほうに秘密の部分が多すぎて、自然とつきあいは遠のいてしまった。

純ちゃんとの時間はいい時間だった、と今でも思う。離婚をして、もう一度上京したとき、わたしが住居を永福町に決めたのは、その時間があったからだった。

アパートは永福町の駅前の不動産屋で、すぐに決めた。Tさんは、ちょっと通いづらいね、と感想を言ったが、もう決めたあとだった。ただ、池袋にある会社に就職が決まったあとは、その言葉を今度はわたしが言う番になった。ラッシュの井の頭線と京王線と山手線とバスを乗り継いで、くたくたになりながら会社に通う。住まいとか、勤め先とか、その動線が頭のなかでは結びつかなかったのだ。

身をもってして初めてわかるという習性は、いまだに変わらない。わたしの場合、もう治らない病なのかもしれない。

六畳一間、小さな台所のスペースがあって、トイレは共同。お風呂は銭湯に通った。銭湯の前に、八百屋さんがあった。Tさんとよく一緒に買い物をしたこともあって、会社の帰りに寄ると、さっき旦那さんが買って行かれましたよ。お店の主人に教えてもらったりしたこともある。Tさんは料理にも手を抜かなかった。冬はよく鍋物を作ってくれた。

また、岩波の国語辞典や古語辞典など、辞書の類も買ってくれた。広告コピーを書いていたわたしに、家にあった『コピーカプセル』という本を持ってきてくれたり、いい詩人だと思う、おまえさんも読むといいよ、と言って、金子光晴の詩集を買ってくれたりした。

Tさんはふたつの家庭を持っていたから、わたしのところには週に二、三度しか来られなかったけれど、わたしはそれでもちっとも淋しくはなかった。ひとつの家庭を壊したあとだったから、人の家庭に対しても、無頓着だったのかもしれない。ふたりの女性に同情することもなかったし、かといって優越感を抱くこともなかった。どんな感情からも解放されていたわたしだけれど、ただひとつの最大の気掛かりは、別れて暮らすことになった子供のことだった。

小学生になった子供がアパートに泊まりに来たことがあった。そのとき、子供のスカートはデニムのものだったが、縫い上げを下ろしていて、その跡が白くついていた。それを見ながら、わたしにはもう手出しができないと思った。いまの一日は繕うことができても、明日を見守ってやれない。その現実に打ちのめされた。

子供にとって、母親をいちばん必要とする時期に、一緒にいてあげられない生き方を選んでしまったわたし。夢のなかには、毎日のように子供が出てきた。でも、わたしはそこには二度と帰らなかった。子供はやがて大きくなって、二十歳になった。

マンション富士

右と左と、どっちが僕のアパートだと思う？　真夜中だった。タクシーを降りると、道の真ん中に立ったその人は、わたしに質問する。

まず、左を見る。お世辞にもきれいなアパートとは言えない。一階は何か商売でもやっているのだろうか。貸し事務所のようだ。二階がどうやらアパートになっているらしい。それから、右を見る。こちらは新築と思えるきれいなマンションが建っている。さて、右と言うべきか、左と言うべきか。その人を見ると、楽しそうに笑っている。

わたしはちょっと迷ったあと、右のほうを指さした。あきらかに美しいとは言えないアパートのほうを指さしたりしたら悪いと思ったからである。こっちですか。すると、その人は無邪気に言った。ハズレ！　左でした。

嬉しそうにそう言ったあと、ようこそ、とわたしを自宅に案内するのだった。その人とは、その日、初めて会った。部屋に入ると、六畳の部屋は本で埋め尽くされていて、畳の部分は見えない。ほら、こうすると、本の山が崩れてくるんだよ。両手を広げて飛行機の格好をすると、壁際に積んである本にぶつかった。座る場所もなかったから、ベッドの端に並んで腰をかけた。

きみにこれを聞かせよう、そう言って、その人はたくさんあるレコードジャケットから一枚を抜き出すと、かけてくれた。その曲が、ビートルズのナンバーで、「オール・マイ・ラヴィング」だったということはあとから知ったのだけれど、その人はこれまでわたしが生きてきたなかで出会ったどの人とも違うということが、直観でわかった。

その直観は正しかった。知り合ってしばらくして、その人を見ていると思い浮かぶ人がいた。実在の人物ではなくて、ドストエフスキーの小説『白痴』のムイシュキン侯爵なのだった。あの、無垢な部分が似ている。好きな人を喜ばせることに、汚れも打算もなんにもない。年齢はわたしより二歳年上だという。

あの時代を、「ムイシュキン侯爵」はいったいどのように生きてきたのだろう。僕はノンポリだったんだよ。ビートルズばっかり聴いていたんだ。僕にいろんなことを教えてくれたのは、マルクスではなくて、ビートルズだったんだよ。そのなかでも、死んでしまったけれど、ジョン・レノン。毎年、発表されるジョンのアルバムを楽しみに一年を生きていた、と言っても言い過ぎではないくらい。

知り合った頃、その人はフリーだった。わたしはフリーではなかった。でも、かつて会ったとのない人物、「ムイシュキン侯爵」のほうに気持ちは傾いていった。

彼はビューティフルな心の持ち主である。わたしは彼にはふさわしくない。そのことは自分でよく知っているのだった。けれど、「ムイシュキン侯爵」を守ってあげることができるのは、わたししかいない。そのことも直観でわかっているのだった。

周りから見れば、わたしのほうが守られていると見えたかもしれない。しかも、それまでの、わがままで、自分勝手なわたしの生き方が、改まるとも思えない。だから、苦しめるかもしれない。だけど、「ムイシュキン侯爵」はわたしが守ってあげたい。その気持ちだけは、偽りのないものだった。

彼は、生きるのに、今日も苦戦を強いられる。世の中、威張る人が多いけれども、彼らには「ムイシュキン侯爵」を理解することは不可能だろう。威張られても反撃することをしないから、情けないやつ、弱いやつだと見くびる人もいるだろう。威張ることぐらい恥ずかしいことはないとは言わないけれど、天然の部分で知っているのだ、彼は。

繊細とは、バカのことを言うんだよ。「ムイシュキン侯爵」は、ときどき、自分をあざ笑うけれど、もちろん彼はバカではない。

ここまで書いてきて、「マンション富士」のことが出てこないことに気がついた。「ムイシュキン侯爵」と一緒に暮らし始めたのが、文京区西片にある、そのマンションだった。

III

渡月橋まで

高知市の主催する夏季大学で、吉本隆明氏が講演するという、その案内をどこかで見た。会社が終わって、その足で高知県民文化ホール、だったと思うけれど、まちがっているかもしれないが、そこに向かった。広いホールだった。照明とオレンジのシートの色とのバランスがよくないのだろうか、目の奥で光がちかちかするような気がした。睡眠不足も手伝ってか、目を開けて吉本さんを見ようとすると、涙がこぼれそうになって、困った。

今となっては、講演の内容も思い出せないのに、そのホールの眩しかったこと、吉本さんが予定の時間を四十分ほどオーバーして話してくださったこと、そのことはよく覚えている。すっかりミーハーになったわたしは、楽屋の近くをうろうろして、吉本隆明さんからサインをいただこうとした。おそるおそる近づいていくと、吉本さんは、誰かの子供の相手をしていた。松岡祥男さんもその場にいたはずだけれど、わたしはまだ、松岡さんとも出会っていなかった。

その日、まさか吉本さんとこんなふうにお会いできるとは思っていなかったわたしは、吉本さんの著書を持って歩いていたわけではなかった。それでも、どこかにサインをしてもらいたくて、大胆にも、吉本さんの本ではない作家の本の、見返しの白い部分に、吉本さんのサインをしてもらった。今から思えば、恥ずかしくて、顔から火が出そうだけれど、わたしのその非常識な行為にも、吉本さんはにこにこ応じてくださったのである。

そのとき持っていた本は、筑摩書房から出ている『バビロンの流れのほとりにて』という森有正の本だった。よくお勉強していますね。吉本さんはそうおっしゃった。その本はいまでも大切にとってあるけれど、吉本さんの大きさに触れた途端、わたしの愚かさにいきあたってしまう。その振幅のかげんにまいってしまう本でもある。

『渡月橋まで』という詩集をいちご舎から出したのは、一九八二年十月十三日のことだ。詩は二十歳の頃から書いてきたけれど、詩集としてまとめたのは初めてだった。Kが、出そう、と言ってくれて、実現した。わたしは三十歳になっていた。詩集刊行にあたっては、帯の文章を吉本隆明さんに書いてもらいたいと、また無謀にも思った。夏季大学のあの日以来、次に会うときは、今度は詩人として同じ土俵でお会いしたいと、不遜にも思っていたのだ。お会いしてから、二年ほどのちのことだった。

怖いもの知らずというのは、ほんとに恥ずかしい一面を持っている、とつくづく思う。吉本隆明さんにだけは認めてもらいたい、その一心で原稿用紙にまとめた詩の束を、ご自宅に送りつけてしまったのだ。

一月《ひとつき》ほどしたが、吉本さんからは連絡がなかった。わたしは思い切って自宅に電話をかけた。あの、先だって、詩集の帯のお願いをした者ですけれど。吉本さんはまた丁寧に応じてくださった。今、わたしの机の上に置いてあるところです。原稿はもう少し待っていただけますか。

速達で帯の原稿が届いたのは、それからしばらくしてから。七月十四日の消印が押されていた。身にあまる帯の文章とは別に、手紙も入っていた。

「山本かずこ様
とてもおそくなって相済みません。やっと読むことができ、「帯文章」かかせていただきました。

掛け値なしに優れた詩作品で、読みながら確かな一個の存在感を味わうことができました。たんのうしたとまではいえませんが、たくさんの未知な感性の揺らぎに出遇い、学ぶことがおくありました。これからも御精進を祈ります。

吉本隆明拝」

それからしばらくの間、文字通り夢のなかで暮らした。

東京

会って、話していると、心底「東京」を感じる人がいるけれど、谷川俊太郎さんの場合も、そうだ。杉並区のご自宅に初めて訪ねたのは、今から十二、三年前のことである。Kと一緒だった。少年時代から集めているラジオがいっぱいある部屋で、詩の話をしていただいたのである。

Kはわたしと出会うずっと前に谷川さんと知り合っていて、これは、谷川さんからではなくて、谷川さんのアシスタントを長くやっていた、今でも谷川さんの近くにいる楠かつのりさんから聞いた話だけれども、谷川さんはアシスタントを決めるに当たって、二人の候補を挙げていた。その二人というのは、Kさんと僕だったんだ。Kさんは知らないままだったかもしれないけれど、そういうことだったんですよ。

そんな話を聞いたのも、ずいぶんあとになってからのことだったけれど、谷川さんは結局、何かの基準で楠さんをアシスタントに選び、Kには声をかけないままに終わった。

そういう話も、楠さんが言わなければ知らないままだったのに、楠さんがおしゃべりしたので、わたしたちも知ることになった。それでどうということもないけれど、ふーん、そういうこともあったのか。そういうことがあっても、なくても、谷川俊太郎さんへのKの尊敬は今に続いていて、谷川さんのほうでも、アシスタントには選ばなかったけれど、Kとはつきあってくれている。

わたしは何年もの間、Kの谷川さんに対する気持ちをそばでずっと見ていた。そこは神聖な場所という感じで、そばで見ているだけで、じゅうぶん心が洗われるのだった。そこは、そして、わたしが近づいてもしかたがない場所だと、ずっと思っていた。

一昨年の夏だった。軽井沢の別荘に、泊まりがけでいらっしゃい、山本さんも一緒にね。谷川さんが誘ってくださって、わたしたちは出かけて行った。軽井沢の駅で降りて、そこからタクシーに乗って五千円分ぐらい走ると、バス停があって、そこの停留所で、迎えに来てくれる谷川さんを待った。

谷川俊太郎さんは紺色の4WDの車を運転して、正確な車名はわからないのだけれど、現われた。東京で見る谷川さんは都会的センスに溢れているけれど、軽井沢で会う谷川さんもやっぱり都会的なのだった。さらに、軽井沢がよく似合うのである。短いパンツをはいて、Tシャツを着て、さわやかに笑っている。

夏になると、幼い頃から北軽井沢の別荘には家族で訪れている、という谷川さん。さっきまで雨が降っていた敷地は、濡れている。ここの木は、僕が生まれた頃に植えたものなんだよ。広い敷地にいろんな木が植えられている。母屋があって、離れがあって、そして新しく建てられた建物があった。風変わりだけれど、空間にマッチしている建物である。この建物は、佐野洋子さんが僕にプレゼントしてくれたんだよ。新しい建物の床のスペースいっぱいには、この翌年に話題になる『母の恋文』に収められることになる、ご両親の手紙が広げられているのだった。

わたしたちは、離れに休ませていただく。そこは、お父さんである哲学者谷川徹三氏のお部屋だったと聞く。なんだか寝つかれなくて、布団のなかに入ったまま、朝まで起きていた。だんだん外が明るくなった頃、窓ガラスのほうを見ていると、一本の木にリスが来て、降りたり登ったりしているのが見えた。鳥たちも囀り始めた。そして、真夏だというのに涼しいこんなところで、幼い頃から過ごしていた、谷川俊太郎という詩人のことを考えた。「特別」という意味について考えた。

朝は、谷川さんの手料理を御馳走になる。エプロンをして働く谷川さんのお手伝いをして、ベランダとキッチンとを行ったり来たりする。光があふれていて、その光の中で、食事のあと、記念撮影をした。

運命

ある大切な方のお祝いの会で、作家の伊藤桂一さんと久しぶりにお会いした。伊藤さんはいつも静かに微笑んでいて、お顔を見ると、なつかしくて、つい甘えてしまうところがある。わたしの拙い小説を読んでいただいたこともあって、あなたは小説よりも詩のほうがずっといい。丁寧な手紙をいただいたこともあった。

あのときはあんなふうに言ったけれど、今はいろんな小説が出てきているでしょう。だから、僕にもよくわからないんですよ。伊藤さんはそのときのことを覚えていらして、そうおっしゃった。すべて、伊藤さんの優しさである。

わたしは伊藤桂一さんの書く戦記文学が好きなのである。『静かなノモンハン』ですっかりファンになってしまった。

あと、どうしても書かなければならないと思っているのが、ニューギニアのことなんですよ。いちばんの激戦地域だったわけですから。でも、僕もそうだけれど、みんな年をとってしまって、早く書き進めないと、誰も証人がいなくなる。体は弱いですけど、書かないで死ぬわけにはいかない。そんな気がするんですよ。書くためにも生きていなければいけないと思います。そんなふうなことをおっしゃられた。

戦争のことを思うと、わたしは母と兄のことを考えてしまう。あれは姉の結婚式が東京で行なわれたときだったから、今から二十数年も昔のことだ。結婚式の後か先かは忘れてしまったけれど、わたしと母と兄は靖国神社にお参りに行った。一度、ここに来たい、そう母も兄も思っていた。

ここは兄の父親の八重喜さんがお祀りされているところだ。亡くなったのは昭和二十年の五月だった。二十七歳だったという。兄は昭和十九年の十二月十七日生まれで、父親は年明けまもなく戦地に行ったから、一緒にいたのはわずか三十三日間だけという短さだった。わたしの母は、二十二歳で戦争未亡人になった。

朝倉四十四連隊に所属した八重喜さんが死んでしまった場所は、中国の大連だったそうだ。形見の髪の毛を送ってくださった部下の人の話では、霧の深い日で、すぐ近くからピストルで撃たれてしまったのだという。ちょっと燃やしたあと、大きな木の下に埋めたそうだ。

八重喜さんは曹長だった。それまでも何度も戦争に出かけていたので、ほんとうは出かけなくてもよかった。でも、人がいないから、ということで出かけた。そして、死んでしまう。

それも運命だったがやねえ。兄が言う。「運命」という言葉を兄が使うとき、この「運命」という言葉は、生まれたばかりで父親を亡くしてしまった兄にだけ許される言葉のように思えてくる。とても重くて、哀しい言葉だ。

親父が俺に残した遺書があるがよ。それを、二十歳になったとき、おふくろが渡してくれた。万一のときはお母さんのことを頼むよ。お母さんは優しい人だから、お父さんの代わりにおまえが守ってほしい。そんなふうなことが書いてあった。

でも、おふくろには何にもしてやれなかった。いつか向こうで会ったら、おふくろのことは、延子さんのことは、親父に謝ろうと思うちゅう。ふだんは寡黙な兄が、珍しくわたしに話してくれたことがあった。

和田八重喜さんの写真を見たことがある。わたしの父親が彫りの深い、日本人ばなれした顔だとすれば、兄の父親は純日本人の美しい顔だちをした人だ。どっちにしても、母親はハンサムに弱かったのかもしれない。

部下想いの八重喜さんだったから、ついこの前も、岡山から戸籍をたどって訪ねてきた人があったという。尺八の先生をしている人で、弟子の人五人ばかりと八重喜さんのお墓の前で追悼の演奏をしたのだそうだ。これで長い間の肩の荷が降りた、そう言って、帰って行ったそうだ。

エピソード

今日は危ない日ですね。車のなかで、菊池さんが言う。菊池さんにあらためて指摘されるまでもなく、実は、わたしにもわかっているのだ、今日が危ない日であるということは。出かけるとき、家でもまた、その話題が出た。今日は危ない日だから、ちょっと憂鬱だね。

わたしと雑誌「鳩よ！」の編集者の菊池さん、カメラマン、カメラマン助手とは、成城のはずれ、住宅地が終わって、葱畑など畑が拡がっている場所に車を止めて、約束の時間が来るまで、じっと待っているのだった。

昨夜は何度も目が覚めてしまった。朝は体調を崩して、何度もお手洗いに走った。緊張して寝つかれなかったのである。

今日の取材の相手は、大岡昇平さんなのだった。昭和六十年六月八日、土曜日、雨。そこまできちんと、わたしが覚えていたわけではない。大岡昇平さんの『成城だよりIII』にしっかりと記録されて、残っているのだ。これは、「文學界」という雑誌に、大岡さんが毎月発表し続けたものがまとめられて、本になったものである。

そして、危ない日というのは、発表のリズムを調べると、どうやら、月の前半に起こった出来事を書き留めていて、今日は八日だから、まともに前半にぶつかってしまうということが、誰の目にもあきらかだったからだ。運がよければまぬがれるかもしれないけれども、運が悪ければ未熟さを書かれてしまうかもしれない。中原中也の話を伺って帰ってきたのだけれど、結果は、案ずるよりも産むがやすし、だった。

「一三三〇、雑誌「鳩よ!」より、中原中也について、インタヴュ。詩人山本かずこ氏。この雑誌先月はなにやら、業界誌の如き、ミニ雑誌特集だったが、こんどは一転して、宮沢賢治、八木重吉、中原中也を特集するという。」

以下、終始ご自分の中原中也観に触れているばかりで、読者からすると、面白い記事になっているとは言えないかもしれないが、わたしからすると、とても幸せな記事になっているのだった。面白く書くことを捨てることで、大岡さんの思いやりのようなものさえ、感じ取ったのだった。

「文學界」が発売された日は、Kと一緒に代々木オリンピックプールに、ブルース・スプリングスティーンのコンサートを聴きに行った日だった。ステージの上に幸運のファンの女の子をあげて、一緒にダンスをしているのを見ながら、自分の幸運のことも頭をかすめたりするのだった。

次に大岡昇平さんにお会いしたときは、緊張はしたけれど、眠れないほどではなかった。ただ、わたしは声が小さいし、大岡さんは少し耳が遠い。インタヴューの途中で、声が小さくてごめんなさい、とわたしが謝ると、僕のほうこそ耳が遠くて申しわけない、とおっしゃったことを思い出す。

仕事を早く終えて、雑談をしましょう、と雑談になると、慶応四年二月十五日の、フランス兵と土佐藩兵との間に起こった事件の全貌を照らし出す仕事『堺港攘夷始末』の話になった。

完結を前にして大岡さんは亡くなるのだけれど、つい二、三日前に、高知に取材に出かけて、戻ってきたばかりなんですよ、と言う。あ、わたしも高知出身なんですよ。思わずそう言うと、そんなに遠い所から。もう帰らなくちゃ。そう言って、慌てて椅子から立ち上がられた。

事のなりゆきで、カメラマンもカメラマン助手も菊池さんも、みんな大急ぎで帰り支度を始めて、早々に成城のご自宅をあとにするようになったわけだけれど、くすぐったいような、恥ずかしいような、落ち着かないけれど、幸せな気分をわたしは味わったのだった。

大岡昇平氏は、スタイリストで、クールな人だったかもしれない。しかし、とっさのふるまいに、優しさを隠せない人だと思った。ひょんなことから、そのことを知ることができたこともまた、わたしの幸運のように思えた。

入交好保氏

入交先生が亡くなられたよ。夏の終わりの朝、いとこから電話が入った。告別式は八月三十日にある。僕はもちろん行くけど、取り急ぎ知らせるだけでも、と思って。

今から八年前、入交好保氏とお会いした。いとこから「考える村」のことを聞いたわたしは、ぜひ、直接、お話を伺いたいと思い、書面で、取材を申し込んだ。

その頃、わたしは「日経流通新聞」で、「流行人」というページを担当していた。人選から、取材、執筆までの流れを任されていて、高知の関係者は、ふたり取材した。一人は入交好保氏。あと一人は、ミュージカルの「龍馬」を作・演出された竹邑類氏で、ふたりとも坂本龍馬に関係がある方たちである。文化を初め、いろんなジャンルで先頭に立って仕掛けて行く人たちのことを紹介するページだったけれど、ひとときの流行というタイムスパンではなく、入交好保氏のような方こそ、真の意味での仕掛人だとわたしは判断して、お願いした。

日本経済新聞社の担当者にも相談すると、やってごらんなさい、と言ってくれた。ただし、取材の出張費などは出ないし、カメラマンも同行できないから、自分で撮ってくることになりますよ。わたしはもちろん、それでよかった。写真はいとこが撮ってくれるという。

あとは、入交好保氏が取材を引き受けてくださるかだけだった。けれど、いただいた手紙からは、取材を引き受けてくださるとも、そうでないとも、わたしにはわからないのだった。判断できないのだった。

「拝復　御懇書拝読致しましたが率直に申しまして、流行人しかけ人という人選には私は今日では不適格ですので、貴女の企画で何か、私のような世捨人のことを題材にする時に使って下さい。

御指定の十一月末、十二月一日は只今の処他に用件はありませんので酒井様と御連絡下されればお会いする事は出来ますが貴女の抱いておられる「しかけ人」入交好保はそこには居ませんので豫《あらかじ》め覚悟していて下さい。

貴女が土佐の生まれならば、土佐の手結の山奥に八十六歳の反骨の権化のような老人が道楽も道楽、考える村という道楽をやっておるのを見に来るつもりなら、おいで下さい、その前に私が高知新聞に二回にわたり連載したものを本にしたものを送りますので、十一月までにご一読下さった上で来る来ないをきめて下さい。

怱々

入交好保

山本かずこ様」

わたしは、とにかくお会いしたい、と思い、あらためて連絡した。取材のことは、もうどちらでもよかった。でも、氏は取材を受けて、わたしと話してくれた。わたしがそんなに紹介したいのならと、優しい気持ちから受けてくださったのだろう。記事をお送りしたあと、葉書をいただいた。

「日経流通新聞　御恵送多謝／記事は上等と専門家の評／土佐も昨今大寒波です／先達っての詩集通読了／私には口語詩は韻律が少くて／不向きですが簡潔なのが良い／不一／二月三日」

わたしはうれしかった。当日は南国市の自宅までうかがったのだけれど、着くのが早くて、約束の時間が来るまで、田んぼが見える道に止めた、いとこの車のそばで時間調整をしていた。

あれっ、見てごらん、虹がかかっているよ。いとこに言われて空を見ると、ちょうど、山の端に虹がかかっているのだった。にわか雨の降ったあとの虹は、少しの間、わたしに緊張を忘れさせてくれた。

田中光顕

地下鉄有楽町線の江戸川橋駅の改札口で待ち合わせをしたのが午後一時半、神田川沿いの公園を抜けて、目的地に向かった。秋日和の一日である。風が強くて、そのせいで枯れ葉がひっきりなしに神田川に舞い降りていた。それを見ながら、一句。

「葉ら葉ら葉らがはらはらと舞い神田川」

わたしは俳句をきちんと作ったことのない素人であるが、そのとき、作家でルポライターでもある小沢信男さんを宗匠に、連句の会の末席に加わっていた。たまには外に出てみましょう、ということになって、見学も兼ねて、「芭蕉庵」に行くことになった。正式には「関口芭蕉庵」というらしい。

芭蕉庵は、いまは講談社の持ちものなのです。案内の女のひとが教えてくれる。女のひとは元講談社の社員で、ご夫婦でここに常駐しているのだそうだ。彼女はわたしたちの先頭にたって、石碑などの説明をしてくれる。この芭蕉庵は、かつては宮内大臣の田中光顕が所有していた時期もあるんです。立派な屋敷も、その光顕の好みが入っています。

そこまではよかったのだけれど、田舎者の成り上がりが作りそうなものですよ、と付け加えた。このときわたしは、田中光顕がどこの出身なのか、識《し》らなかった。識らなかったけれど、彼女のものの言い方には、人を馬鹿にすることが身についてしまっている人特有の傲慢さがあって、いやな気持ちがした。識らないままに反発を感じていた。

お茶を飲んで、一息ついていると、小沢さんが言った。さっき、話に出ていた田中光顕ってさあ、小沢さんは東京生まれの東京育ちだ、坂本龍馬を全国的に有名にした人なんだよ。日露戦争の最中にロシアの艦隊が近づいたとき、皇后の枕元に龍馬が現われて、「わたしがお守りしますから、ご心配いりません」みたいなことを言ったというんだ。

皇后の夢の話を光顕が日本中に広めて、龍馬の名前を高めたという話だよ。そういえば、山本さんも土佐の生まれでしょう。郷土の先輩っていうわけだね。

小沢さんに教えていただくまで、わたしは何にも識らなかったのである。田中光顕という人が高知出身だということも、龍馬の話も、何にも識らず、「関口芭蕉庵」にやってきたのだ。十年ほど前のことである。

そんな日があって、しばらくして入交好保氏と会ったのだ。氏は坂本龍馬の銅像を建てようと、県下の青年たちに呼びかけた人である。早大の学生だった入交好保氏の呼びかけに、ひとはだ脱いだ田中光顕がいて、その先には坂本龍馬や中岡慎太郎がいて、と考えていくと、歴史がとても身近になった。

ところで、入交好保氏とは例の取材のあとで、もう一度だけお会いしたことがある。高知市内にある「駅前喫茶」だったか、そんな名前の喫茶店で、いとこと三人でお会いした。先にお会いしたときの印象を言葉で表わすとすると〈凛々しさ〉で、このときの印象は〈カッコいい〉だった。ステッキを持たれて、マントのようなコートを羽織られて、颯爽と現われた入交好保氏は、ミーハー的に言うと、カッコいい、の一言《ひとこと》に尽きた。

お会いして以来、わたしのような若輩ものにも気をとめてくださり、あの独特の書で、毎年年賀状をくださった。来年からは、そのお葉書はもうないのかと思うと、さびしい。ニフティサーブで高知新聞に載っている入交好保氏に関する記事を読んでいると、氏のエピソードがいくつか紹介されていた。どれもが氏の素晴らしさを裏付けるものだった。

以前、いただいたお手紙の文面のなかで、「貴女も土佐の生まれならば」という言葉があったけれど、読んだとき、背筋がピンと伸びるような、不思議な感覚が身体のなかを走った。他の誰に言われたとしても、そんな反応はしないだろう。

蝶々

夏休みの宿題に、昆虫採集があった。麦わら帽子をかぶって、トンボや蟬、蝶々などを追いかけた。収穫は、はるかに妹のほうが大だった。向き不向きは子供の目にもあきらかだった。捕獲は、夏休みの途中から妹に任せて、わたしはただ蟬の鳴く木の下から上を見上げて、ほら、あそこにいるよ、と指図したりした。

妹は、虫類がきらいではなかったのだろう。虫類にも、それはわかるのかもしれない。おもしろいぐらいに捕まるのだった。妹はときどき逃がしてあげながら、また捕まえた。昆虫採集用の薬品を注射するのは、母の役だった。昆虫図鑑を開いて、蝶々の種類を調べるのも母がやってくれた。

母は生き物が好きだから、ほんとうは注射を打って殺すことはきらいだったはずだ。でも、わたしの夏休みの宿題だというだけで、黙々とそれをやった。

アゲハチョウやモンシロチョウに混じって、ルリタテハとかの、きれいな蝶々がいっぱい飛んでいた。一度、うちの昆虫図鑑では名前のわからない蝶々がいて、その蝶々を持って、同じ集落で学校の先生をやっている人のところに、母と一緒に出かけて行ったことがある。

その家には、わたしと同級生の男の子がいた。夏休みが終わって、宿題を提出すると、その男の子が、「山本の昆虫採集の宿題は、全部、母親がやったようなもんだから」と、みんなに聞こえるように言った。それはほんとうにそうだから、わたしは何も反論しなかった。ただ、いやな気持ちがした。

事実は、そうだからしかたがないのだけれど、わたしは不機嫌であった。無造作に、蝉や蝶を殺す「昆虫採集」という夏休みの宿題なんてなければいいのに、そう思った。

池袋から東武東上線に乗って、急行で一時間ぐらいのところに、嵐山というところがある。粘菌を探してビデオに録るという、突然降って湧いたような仕事で、そこに出かけて行った。その年は雨が少なく、さらに秋の入口に入っていたから、粘菌がいる確率も少なかったけれど、とにかく行ってみた。アゲハチョウやモンシロチョウも飛んでいた。蝉の、最後の啼き声も、山のところどころから元気に聞こえてきた。

わたしは小学生の頃の昆虫採集を、ちょっと思い出した。注射を打ったときのいやな感触がちらっと横切ったけれど、マムシ注意という札の立った場所や、足の異常に長いクモの行き交う林を歩いていているうちに、ほんとうに受けるべき理科の授業を、受け直しているような気がしてきた。

　同行の先生は、実際にも高校の理科の先生だったから、個人的な課外授業を受けているような気がしてくる。木の下に穴があって、これが蟻地獄ですよ、と言った。「いっけん、土にまみれて隠れているからわからないのだけれど、獲物をじっと待っているんですよ」先生が土をさらさらと指で払うと、ほんとうに潜んでいた虫が出てきた。わたしは感動して、それから、先生を尊敬した。

　先生は昆虫酒場にも連れて行ってくれた。いろんな昆虫が甘い樹液を吸いに集まるそこは、黒い樹液が流れていて、木は痛がっているように見えた。一日だけの生徒になって、わたしは昆虫たちの生態に初めてきちんと触れたような気がした。昆虫というと、注射をして、ひたすら殺し続けた忌まわしい昆虫採集ばかりではなく、これからは、野山をいろんな作戦を凝らしながら生き延びている虫たちの姿を、思い浮かべることもできるような気がした。

　食べていくためにいろんな仕事をするけれど、突然舞い込んできた仕事を断わらなくてよかった、と思った。

旅

そういえば、その日のお昼にはいきなり空が真っ暗になった。喫茶店で軽い食事をしていたわたしと安里さんのふたりは、お店に閉じ込められたような形になって、しばらく会社に戻れないのだった。強い雨が降ってきて、雷まで鳴り始めた。

いったい、どうしたんでしょうね。安里さんが外を見ながら、そう言う。ほんとうに何かがどうにかなってしまったかのような、空の豹変ぶりだ。さっきまで晴れていたのに、大通りを走る車は水しぶきをあげながら、ヘッドライトまで点けている。そうしないでは走れないほど暗いのである。

いきなりの空の裏切りだから、傘なんかももちろん用意しているはずがない。それでも、わたしたちふたりは、ちょうどいい理由ができたようにうきうきしているのだった。外のお天気とは無関係に、顔は笑っているのだった。帰りたいのに帰れない、というふうな声で会社に電話を入れた。

この雨が止むまでちょっと雨宿りして帰ります。

わたしは嘱託、安里さんは社員という関係ではあるけれど、お互いにその枠をとっくに越えているような気がするほど仲良しだったから、思わぬお休み時間の延長にうれしくないはずがないのだった。

仕事の話なんかはしなかった。そのとき、安里さんが、実はわたし、初めて宝くじを買ったんですよ。大した額ではないんですけど、会社の人が買うというので、わたしも買ってみたんです。当たるといいんですけど、そんなふうな話をした。

やがて、空も正常に戻って、いつものような明るさになった。ほんとうにさっきまでのあのお天気は何だったのだろう。何事もなかったかのように元通りになった空の下を、わたしたちは会社に戻って行った。

その日の夕暮れどき、会社を出たわたしは、いやいや歩いていた。けれども、立ち止まることもできないまま、何かに背中を押されながら、とにかく前に進んでいるのだった。

通りに出ようとして、ぼんやりと考えた。このまま要町駅まで歩いて行って、そこから有楽町線に乗って家に帰ろうかな。ところが、そこへタクシーがやってきて、わたしは反射的に手をあげてしまった。

わたしには反射的にタクシーに手をあげるクセがある。振り向いたとき、そこにタクシーが走っていたりするとそうなってしまう。いざ止まって、乗り込もうとして思い出す。そういえば、出かける前に郵便局に立ち寄る用事があったんだっけ。ごめんなさい。まちがえました。わたしは運転手さんに謝る。

しかし、この日は惰性のように、「池袋まで」と口に出して、そのまま運ばれて行った。それを言葉で整理すると、

①いやいや歩いていて、

②ふと振り向くとタクシーがいて、

③反射的に手をあげて、

④惰性で「池袋」の地名を告げた。

池袋に着いたわたしは、自分の庭のようにしているHOPEセンターをぶらぶら歩く。歩きながら、お店のウインドウに飾られているブラウスを見つけてしまった。わたしはふらふらとそこに行って、これください。買い求めたのだった。いわゆる衝動買いである。このレシートで福引が八回できますので、ぜひお試しください。お店の人に言われるままに福引所にぶらぶらと行く。

神様は、ときどき粋な計らいをすることがあるけれども、まさか福引でインド旅行が当たるなんて、思ってみることもなかった。四個目の玉がコロコロと転がり出たとき、係の女の人か

ら、「一等賞が当たりました」と言われた。その時点では、「一等賞」にどんな景品がつくのかさえ知らなかった。

そのインド旅行に行ったのは、今から三年前の九月のことだった。

いっぽう、安里さんの宝くじのほうは、残念ながら当たらなかったらしい。

リバーサイド　ホテル

リバーサイド　ホテル

ちょっと休んでいかないか
とあなたは言った
まるで
休みたいと思ったとき
ちょうど
リバーサイドホテルがあったように
自然な口調で
あなたは私を誘った
いや？

（いやではないけれど
　リバーサイドホテルはいけないわ）
そんなこと
言えないから
今日はいやだと私は言った
リバーサイドホテルには
つい昨日
やってきたばかりだ

「リバーサイドホテル」というホテルは、どこにでもある。どこにでもある、ということは、空想のなかにだってある、ということなのだけれど。

　わたしたちは、車のなかにいた。わたしたちというのは、わたしとEのこと。信号待ちをしていると、目の前で、何かがちかちかした。よく見ると、ホテルのネオンサインだった。よりによって、こんなところで止まるなんて。口にこそ出さなかったものの、内心穏やかではなかった。しだいにいやな予感がしてきた。ネオンには、「リバーサイドホテル」とあったからだ。

　案の定、それまで黙っていたEが、いい話の種を見つけたときのように、軽やかな口調で切り出した。

ねえ、あなたの詩に出てくるホテルって、このホテルのことなの？　やっぱり、聞かれてしまった。

リバーサイドホテルなんて、どこにでもある名前なのよ。日本じゅう、川の流れている側になら、どこにだって、きっと、ひとつやふたつあると思うし、それに、わたしの詩は、あくまでもフィクションなのだから。わたしは、早口でそう言った。悪戯《いたずら》をみつけられて、急いで言い訳でもするときのように、一息でそう言ってしまうと、Ｅはそれ以上は追及してこなかった。

目の前の「リバーサイドホテル」は、けれども、わたしの詩のきっかけとなった、そのホテルそのものなのだった。わたしはそのホテルに何度か行ったことがあった。いずれも真昼間だったので、道路沿いに面したネオンサインも目立っていなかった。注意しなければ、そこにホテルがあるということすらわからないぐらいに、ひっそりと建っていた。外見もひっそりとしていたけれども、部屋のなかもそうだった。まるで、鄙びた温泉宿にでも来ているような気がした。

昼間なので、布団の敷かれた部屋の他は、バスルームにも、廊下にも、座敷にも、光があふれていた。光のなかでシャワーを浴びていると、光に包囲されたような不思議な感覚を味わうのだった。そして、この光の包囲は夕暮れになるまで解かれないのだった。

「リバーサイドホテル」へと、歳の離れた男と行ったのは、今から何年前になるのだろうか。正確には、もう覚えていない。遠い昔のような気もするけれど、ほんとうはつい最近のことかもしれない。実際に流れた時間と、心のなかで流れた時間は、わたしのなかではいつも違うような気がする。

この詩をタイトルポエムに、『リバーサイド　ホテル』という詩集を、マガジンハウスから八九年に出した。カバー写真は、ハービー・山口さんが撮った。隅田川沿いに建つ「リバーサイドホテル」をイメージしたものだ。

詩集を出しましょうと、書籍編集長の石関善治郎さんに声をかけられた幸福な一日を、今でも忘れない。詩集のタイトルも、石関さんが決めてくれた。

東京タワー

車に乗って高速道路を走るのが好きだ。といっても、自分で運転ができるわけではないから、そんなにしょっちゅう、というのではないけれど。

東のほうから都内に向かい、首都高の環状線の外まわりを走っていると、汐留のトンネルを抜けるあたりで、正面に浜松町の貿易センターのビルが見えてくる。そして、さらにカーブを切ると、右側に東京タワーが。この位置から見る、ライトアップされた東京タワーは格別の美しさだ。

また、六本木なんかを歩いていて見える東京タワーも、悪くない。昼間よりも、夜。存在をアピールされて、素直に見とれてしまう。

東京タワーを眺めながら、わたしは、あのタワーに二回のぼったことがある、そう思う。

一度目は、高校の修学旅行で。展望台には女優の東山千栄子さんが、プライベートで見えているのだった。わたしは東山千栄子さんに声をかけて、一緒に記念撮影してもらった。家に帰って、得意になって、母に報告した。

二度目は、お腹が大きいときにのぼった。千葉にいる親戚の女の子が東京タワーに行きたいというので、一緒にのぼった。帰りに、エレベーターを使わずに階段を使って降りてきた。大展望台からだと百五十メートルはあるのだけれど、そこから一段一段降りてきたのだから、お腹の赤ん坊にはかなりきついことになったはずだ。

わたしはどこかでやけっぱちな気分があったから、わかっていて、それを実行したようなところがある。確信犯なのだ。赤ん坊には、いい迷惑である。

当然の罰のように、次の日には、やたら背骨から腰のあたりが痛くて、起き上がれなかった。いい気味である。そのときの赤ん坊に代わって、今のわたしがそう言いたい。

六本木の交差点にある「アマンド」に、何年ぶりかで入った。今年の夏のことである。あの派手な、お店のトレードマークであるショッキング・ピンクのカラーも、全然変わっていない。六本木に来るたびに、それとなく確認してはいたのだけれど、いざ入るとなると、あらためて、変わっていないんだなあ、としみじみ思ってしまう。

「アマンド」は、わたしが初めて東京にやってきた頃も、六本木で待ち合わせ場所といえば、という感じで利用されていた喫茶店なのだった。六本木に行くなら、今日は久しぶりに「アマンド」で待ち合わせしてみましょう。

友だちの木野まり子さんがそう提案して、わたしたちは結集することになった。珍しくわたしのほうが先に着いて、二階の窓際で交差点を行き交う人々をぼんやりと眺めていた。

あのう、○○さんでしょうか。わたしの目の前に、木野さんではない、男の人が現われた。いいえ、違いますけど。あ、すみません。そう言って、その男の人は別のテーブルに向かって歩き出した。うしろ姿を見るともなく見ていると、探している人に出会えたらしい。椅子に腰を下ろしているその席の女性は、グレーのブラウスを着ていた。そういえば、今日のわたしの洋服もグレーである。グレーの色だけを目印に、この「アマンド」で待ち合わせをしていたんだな、と気がついた。

暇にまかせて、店内をぐるっと見回してみる。待ち合わせをしていると思える女性の一人が、階段あたりの一点にじっと神経を集中して座っている様子も見える。携帯電話で話しながら、集団で移動しているグループもいる。

異様な雰囲気は最近のものなのか。それとも、ずっと昔からそうなのに、昔のわたしには気にならなくて、今のわたしには気になるだけなのだろうか。

現われた木野さんは、のんびりした口調で言った。ここのケーキも、値段のわりには、結構おいしいのよね。

ルーレット

G・O（ジェントル・オーガナイザー）の成世《しげよ》さんからランタナを教えてもらった。この国の歌によくうたわれる花なんですよ。二十四、五個の小さな花が集まって、もうひとつの花を形づくっている。色はピンクと淡い黄色。香りがとてもいい、などとメモしていると、運転手のムッシュ・ガブリエルと目があった。やさしい目をしている。彼もきっと、ランタナが好きなのだろう。

ランタナ。わたしが花を指さしていうと、ランタナ。彼も応えてくれた。

そういえば、きのう、ココティエ広場で見かけたこの国の女性たち。彼女たちの民族衣装の色も、ちょうどランタナの色調に似ていた。木陰で、足を投げ出して、お喋りしていた。

「天国にいちばん近い島」ニューカレドニアをそう名付けたのは作家の森村桂。八七年の五月、わたしは仕事でこの島に出かけていった。海なのに、まるで海の匂いがしないのね。わたしは同行のカメラマンに、ちょっと不満を隠せない口調で言う。イギリスやヨーロッパの海も、そうなんだよ。イギリスに十年も暮らしていたカメラマンのハービー・山口さんは、そう教えてくれる。

海には海の匂いがするものだと、疑いもしないで思い込んでいたわたし。わたしの前に新しい海が現われた感じだ。海辺のバーで、わたしたちはまるまる三時間、時間を潰《つぶ》したことがあった。今日もまた、時間を潰してしまった。ほったらかしの仕事を大急ぎで片付けなくっちゃ。ハービーさんも同じことを考えていたらしい。わたしにウインクすると、手を振る。わたしたちはそれぞれの部屋に戻っていくのである。

一週間の滞在だった。そのうちの何日間かは、桟橋から出るボートに乗って、小さな島に渡った。灯台にも渡った。沖に出るにつれて海の歓迎ぶりはすさまじくて、もっと優しくと念じても、波は手かげんすることを知らない。不意に、水しぶきを頭からかけてみたりする。嬌声をあげようものなら、よろこんでいると勘違いしたのか、もっともっとかけ続ける。

わたしはくたくたになって、灯台のある島にたどりつく。そこでは島の女性たちが待っていてくれて、わたしたち観光客を相手にバーベキューの準備をしてくれた。

夜には、地中海クラブのホテルに戻ってきて、ワイン飲み放題、ケーキ食べ放題のいたれりつくせりが待っている。ハービーさんが英語を話せると知ったとき、家族連れでバカンスに来ている少年たちの瞳が輝いた。それから、少年たちは日本の車のことやカメラのことを口々にしゃべりはじめて、ハービーさんを質問責めにした。

夜も更けて、南十字星《サザンクロス》を教えてくれたのも、この少年たちだった。いくつもの小さな人さし指のさす方角に、確かにその夜、南十字星は輝いていた。ちょうど通りかかった日本人のカップルも、足を止めて、一緒に空を仰いだ。

そうして過ぎた日々。遊びなのか、仕事なのか、よくわからない毎日は、まさに「天国にいちばん近い島」で繰り返された。

調子に乗ったわたしは、ホテルから少し離れたところにある、島のカジノへと出かけて行った。ハービーさんを誘うと、僕はフォーマルな洋服を持ってきていないから、そういう場所には行けないんだ、ごめんよ。それでも、わたしはめげず、一枚だけスーツケースに詰めてきた、森英恵の白いワンピースを着て、出かけていった。

そこはドレスアップした人々が集まっていて、活気に溢れていた。観光客相手ではあったとしても、おもちゃではない、本物のルーレット台があった。生まれて初めての経験にわくわくして、快適な気分だった。チップの小山がどんどん消えていったとしても、である。エスコートしてくれる人がいなくても、である。さらに、持っていったお金を全部なくしても、ご機嫌だった。ここまで書くと、負け惜しみかもしれない。

タクシー

これまで一番怖かったタクシーは、インドで乗った象のタクシーである。ところはピンクシティ。建物がピンクの土でできているジャイプールの街だ。なかでも、奥行きが非常に浅い作りの「風の宮殿」は、新しい朝の光を浴びて、柔らかいピンク色の全貌を左右に開き、わたしたちを出迎えてくれた。

道を走るリキシャ。そして、観光客相手にビジネスをする人々。一日は始まったばかりだというのに、じゅうぶん活気に溢れているのだった。バスを降りると、サンゴのネックレスや孔雀の羽根のセンスを手に手に持った人々が、わたしたち目掛けて殺到する。

わたしはバスから降りるにあたっては、たいてい黒いサングラスをかけて歩くことにしていた。途端に、見るからに人相が悪くなることを自分でも知っていたからだ。インドの人たちも、ヤクザの情婦か何かかと思うのか、とたんに声をかけてこなくなる。

団体の旅行客のあとを、個人個人ではあるけれど、集団に見えてしまうモノを売る人々が追い立てる。そんなふうな構図だ。

追い立てられるようにして、逃げ場を求めて石の階段を登って行くと、そこに待っているのが、象のタクシーだった。すでに、象の背中に四角い箱のようなものが乗せてあって、座布団が敷いてある。四人乗りなのである。

タクシーの、運転手ならぬ象遣いがいて、待機している。さあさあ、早く乗りなさい。階段のうえでは、流れ作業のように、観光客を象のタクシーに乗せる仕事人がいて、みんなから代金を受け取っては、自動的に乗り込ませている。わたしにも、これに乗れというのか。冗談でしょう。胸のなかでブツブツ言ってみる。それでも、刻々と順番が近づいてきた。冗談ではない証拠に、みんな次々に乗り込んでいくではないか。

はっきり言って、「象のタクシー」などという可愛らしい命名に値するものなんかではない。象の身長は、地上から何メートルぐらいあるのだろうか。ものすごい高さである。その背中に、簡単にずり落ちそうに思えた、今でもそう思っている箱を、ちょこんと固定してあるだけなのだ。

しかし、乗らなければ乗らないで、うしろにはさまざまなモノを売る人々が控えている。にっちもさっちもいかないというのは、こういう状況のことを指すのだろう。ふたつにひとつ。頭をほとんど無意味にくるくると働かせた結果、ここに置いていかれるより、みんなと一緒に移動するほうを選んだ。

さて、観念して乗り込んだのだけれど、乗っている間じゅう、緊張のあまり、誰もひとことも口をきかない。もし、途中で象さんが気まぐれを起こしたら、わたしたちはどうなるのだろう。一歩一歩、丘のうえのアンベール城へと歩を進めていく象さんを刺激しないように、わたしたちは背中のうえでじっとしていた。

象さんがひざをガクンと折るたびに、背中の箱ごとガクンと傾斜する。途中で象さんが病気になったり、あるいは心臓発作で倒れてしまったら、わたしたちの命もないものと思われた。そっと、地上を盗み見る。ここからころころ転がれば、はずみで湖の底まで落ちていきそうだ。そして、恐怖はヘアピンカーブで、頂点に達した。そのときの模様を、先発の象さんタクシーのなかからビデオにおさめた勇敢な人がいたけれど、映像は異様な緊張に包まれている。

象さんのご機嫌をそこないたくない一心で、みんな、息を殺して、じっと座っている様子がわかる。撮られたビデオを見ていると、そのときの息づかいがひしひしと伝わってくるかのようだった。

実際は近いはずのアンベール城に、やっとたどりついて、象さんと記念写真を撮る。心臓発作も起こさず、よくご無事で、と象さんの健康を祝いたいような気分だった。ねぎらいの気持ちで象さんの鼻を撫でていると、象遣いからチップを請求された。

落日

インドのベナレスから、インディアン・エアラインズ便に乗って、ネパールのカトマンドゥに降り立ったとき、飛行場から見る光景は、日本のたとえば軽井沢あたりの高原を思わせるものがあった。

高い山々に囲まれたカトマンドゥ。外に出て、実際に空気を吸い込むまでもなく、ここは空気が澄んでいる。そういうことが窓ガラス越しに、目で見てわかるのだった。

風景を見ているだけで、インドで四六時中解放されることのなかった、それまでの緊張がふっと溶け出していくような気がした。また明後日にはインドに戻ることを考えると、みんな、しばしの休息といった雰囲気になって、ホテルに向かうバスのなかでも、和気藹々《わきあいあい》といった感じがするのだった。

しかし、風景にごまかされてはいけないのだった。依然として生水への警戒は解いてはならなかったのに、その日、宿泊するアンナプルナホテルに隣接しているレストランで、わたしはフルーツポンチを食べてしまった。

それまで、あんなにナマモノ、生水には手を出さないでできたというのに、ここで油断をしてしまった。テキメンにお腹をこわして、その日のショッピングはパスしてしまうことになった。

一緒に旅を続けている人のなかには、インドで高熱に襲われ、ホテルにインド人の医師を呼んだ女性もいた。その人はインドに一人で残って、二日間、みんなの帰りを待つということが不安で、まだ熱が下がらず、倒れそうになりながらも、一緒にカトマンドゥ入りをしていた。それほど、インドで一人取り残されるということは恐怖だった、ということなのだけれど。

カトマンドゥにさえ行けば、緊張も解けて、身体もよくなる、そういう雰囲気は確かにあったが、実は、水の汚れはインドよりもひどかったのだ。お風呂に溜めた水は茶色に濁っていた。その水の色はインドの水の色よりも茶色だった。

歯を磨くのもミネラルウォーターを使用するように、と旅の間、同行した旅行社の人から、ずっと言われ続けた。

けれども、何か食べなければ、体力を維持しなければ、と思うから、みんな、それぞれお腹が痛いのを我慢して、とにかく食事の席には顔を見せる。けれど、生命を維持するといった程度の量しか口にしないようなビュッフェスタイルのお皿のうえには、ほとんど何も載っていない。

生水がついているものはダメだから、たとえば細長いトマトにしても、火が通してあっても安心できない。わたしにしても、七泊八日の旅の間、ナンとケーキと珈琲《コーヒー》で、ほとんどの食事はすませた。

カトマンドゥの二日目（九月十七日）には、なんとかお腹の調子も戻ったわたしは、みんなと一緒に、バスに乗って二時間ほどのところにある、標高一五二四メートルのドゥリケルに行った。

ここは、ヒマラヤの展望台として知られているところだ。サンセット観光が予定されていた。山の向こうに沈んでいく太陽を見ていると、近くに住む子供たちが集まってきた。恥ずかしそうにはにかんでいて、その子たちの顔は、自分の小さいときの、写真に写っている顔たちとよく似ているような気がする。

一日中、外で遊んでいるような、泣いたり笑ったりするせいで、ほっぺも汚れっぱなしなのだけれど、人なつっこい顔が懐かしい。インド人は彫りの深い顔をしているのだけれど、ネパール人は日本人の顔とよく似ているということも手伝っているのかもしれない。

陽《ひ》がすっかり沈んで、カトマンドゥに戻る途中、家々から洩れる灯も蛍光灯ではなく、白熱灯だった。家の前で、バスに向かって手を振る子供の姿も懐かしかった。

IV

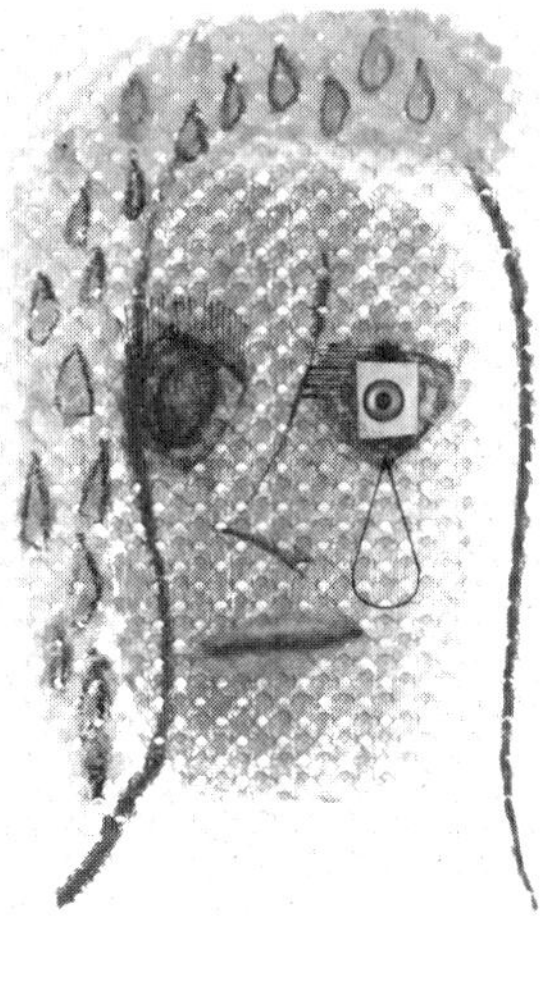

アイスクリーム

病院のベッドのうえで、父がアイスクリームを静かにおいしそうに食べている。母とわたしと、そして恵が、それを静かに見守っている。わたしは、見守っている、と思っていたのだが、父は、きっと別の視線を感じていたのだろう。その夏、恵は二歳だった。

ごめんよ、めぐちゃん。おじいちゃんのアイスクリームを食べさせてあげたいけれど、おじいちゃんが口をつけてしまったから、もうあげられない。あとで、お母さんに買ってもらいなさい。

そのとき、わたしは恵の存在を忘れていたのだ。ほしい、とも言わないで、恵はおじいちゃんと、おじいちゃんの食べているアイスクリームとを、じっとみつめていた。

アイスクリームがおいしい季節になると、いつも父のあの言葉が聞こえてくる。結核で、たえず微熱があった父にとって、甘くもなく、さらっとした口あたりのアイスクリンは、なぐさめであったかと思う。

お酒が好きだった父。父がお菓子など、甘いものを食べているのを見た記憶がない。もちろん、アイスクリームも例外ではなかった。それだけに、あの日の、アイスクリームを食べる父の姿は、妙に目に焼きついているのだ。

高知では、アイスクリームといえば、普通のアイスクリームではなく、1×1のアイスクリンである。季節は関係ないし、大人も子供もあのアイスクリンを食べる。日曜市などでは、アイスクリンを食べながら、お店をのぞくこともある。冬にもアイスクリンの幟《のぼり》が目につくというのが、わたしなどには不思議でもなんでもないけれど、他の県から来た人たちにとっては、ちょっと異様に映るかもしれないな、とは思う。

桂浜でアイスクリンを買ったときは、五月だった。いわゆる五月晴れの良いお天気だった。風が少しあって、アイスクリンの幟が音を立てるでもなく、時折りたなびいていた。

ルキノ・ヴィスコンティの映画「ベニスに死す」の光景みたいだね、とKが言うと、ほんとうにそんな感じがしてくるのだった。波打ち際に続く浜辺は、今のように途中で舗装がされていなかったから、白っぽい砂がゆるいカーブを描いている。映画では、ダーク・ボガードがあのあたりで座っているんだよね、とKが指をさした先には誰もいなかった。砂浜が拡がるばかりだった。ほんとうはいたのかもしれないけれど、わたしたちの目には入らないのだった。

辛党であるKは、最初、アイスクリンをふたつ買うということにためらいを見せた。きみの分だけでいいんじゃないの、そう言ったのを強引にさえぎって、ふたつ買った。買わせた。食べたKが、おいしい、と言うのを聞いて、わたしはちょっと得意だった。

今日は、夏の真っ盛りの八月十六日。昨日などは、東京で観測史上二位にあたる三八・七度を記録したそうだ。取材の仕事で、ちょうど二時半頃、家を出たのだけれど、歩き始めると、空気が顔を刺してくる感じがした。この暑さはただごとではない、と思っていたら、今朝の新聞でやっぱり記録的な暑さだと知った。台風十二号が東北地方を横断したことからきた突然の猛暑。今日も暑かったけれど、一番暑い時間を避けて家を出たからかどうか、昨日よりは少しましだったような気がする。それとも、慣れただけなのだろうか、よくわからない。

タクシーに乗ると、運転手さんが、暑いねえ、と声をかけてきた。さっき乗ったお客さんは、昨日まで仙台に帰っていたんだけれど、夜なんか、もう涼しいって言ってたよ。学生さんなんだろうね、こんなに早く戻って来るんじゃなかったって悔やんでたっけ。

アイスクリームを買って家に帰ったけれど、今ひとつ涼しくならない。こんな日こそ、あのサラサラしたアイスクリンを食べて、ひとときの涼を味わいたい。

酒

わたしが高知出身だというと、お酒が強そうな雰囲気ですね、と言われる。それは誤解である。母はまったく飲めなかった。ワインを少し飲んで、急性アルコール中毒になり、医者を呼んだこともあるぐらいだ。

いとこはほとんど酒が飲めない。男なので、わたしよりも、高知では酒の席で、もっと村八分の目に合ってきたにちがいない。

男だけれど飲めないいとことわたしと、高知では普通レベルの酒飲みの幼なじみの高橋君とが、お寿司屋で待ち合わせをしたときは、到着の順番が正しくなかったせいで、大変居心地が悪い思いをしたことがある。

お酒が飲める高橋君よりも、お酒が飲めないわたしたち二人のほうが先に到着してしまったのである、不幸なことに。とはいっても、入ってしまった以上、注文しないわけにはいかない。鮨ネタのケースをながめながら、どれにしようかな、などと思っていた。

そこへ威勢のいい板前さんから、ビールにしましょうか、お酒にしましょうか、と声をかけられたものだから、こっちも威勢よく、「あがり」ください。声をそろえて言ってしまったのだ。

場所は高知である。そして、鮨屋のカウンターでもある。一瞬しらけたような間の悪い沈黙が流れたが、しかたがない。いとこもわたしも欲しくないものは注文しないのだ。「あがり」でお鮨を食べながら、高橋君の到着をいまかいまかと待ちわびて、しょっちゅう入口へと目を走らせるのだけれど、そのうちだんだんおなかがいっぱいになってきた。お酒を飲まない分、お鮨を注文しなければならないような気がしたわたしは、注文のスピードをアップさせていたのだ。こんなとき、必要以上に気を使ってしまうのがだらしのないところでもある。

やっと現われた高橋君は、それでも二十分くらいの遅刻にすぎなかったのだが、わたしたちのカウンターを見て、えっ、もう「あがり」なの？　と、事情を知っていて、からかうのだった。

お酒が大好きなKは言う。君の家の法事に何回か出席したけれど、誰もお酒を飲む人はいないんだねえ。かろうじて、お兄さんのお嫁さんぐらいのものじゃないの。ちなみに、彼女の実家は酒屋さんである。他はみんな、お茶なんか飲んでる。

高知の人は、お酒が強いって世間の評判なのに、君の家はいったいどうなってるの。一緒にお相手をしてくれる人がいないので、その口ぶりには、どこか不満が感じられる。法事のたびに嘆いていたKだけれど、実はここ数年、徐々に地殻変動が起きているのを肌で感じる。

子供たちがだんだん大きくなるにつれて、大酒飲みの集団に変わる予感がするのである。さしあたって目ざましいところでは、兄のふたりの子供たちだ。兄は飲めないのに、よく飲む。

お酒が大好きということでは、この人を差し置くわけにはいかない。わたしの父親である。中央病院に入院している間の七年間、父はよく病院を抜け出して飲みに行っていたらしい。病院から追い出されそうにもなったぐらいだから、ハンパではなかったのだろう。でも、飲まないときの父は仏のように優しい人だったから、他の患者さんたちが、署名をして、追い出されないよう、父を守ってくれたのだという。

父は「司牡丹」が好きだったのだとずっと思っていたが、ある日、お墓参りに行くとき、お義姉《ねえ》さんの幸っちゃんが、お父さんは「土佐鶴」が好きだったねえ、と言って、ワンカップを買い求めた。たぶん、わたしの記憶のほうが曖昧なのだろう。

だいいち、飲めないので、飲み比べたことがない。その味を知らないというのは、記憶において致命的な欠陥だ。名前の美しさで、思い込んだのかもしれない。

城下町

山口県の萩市に仕事で出かけたときのことだ。お城はすでにないのに、武家屋敷の跡はきれいに保存されていて、夜、車でその通りを案内していただきながら、不思議な時空に迷い込んだような気がした。

わたしが高知出身だと言うと、心なしか歓迎のそぶりが違うような気がしたのは気のせいかもしれないけれど、龍馬が立ち寄ったことがあるという道場に連れて行ってくださったり、白虎隊で亡くなった人たちをお祀りしている場所に、わざわざ連れて行ってくださったりした。

戊辰《ぼしん》戦争のことがあって、今でも福島県出身の人と、山口県出身の人とはうまくいかないんですよ。わたしたちは、こうしてお祀りしているんですけれどね。

わたしが学生の時代なんかは今よりもっとピリピリしていて、山口出身だというだけで、口もきいてもらえませんでしたからね。今は、いつまでもこんな状態ではいけないということで、高校生同士で交流会を持ったりしているようですけど。

その人は、野山さんという五十五歳のカトリック系の小学校の理科の先生で、観光地にもなっている野山獄跡ゆかりの人だった。歴史があちこちで、場所の点でも、人の点でもつながっているかのようだった。

野山さんからあたたかい歓迎を受けていて、そういえば、夫のKの親しい友人に、H君という山口県出身の人がいるのだけれど、Kの観察によると、どうもあいつは僕よりも君に一目置いているような気がする。やっぱり、長州藩と土佐藩だからかなあ、というのを思い出した。そういうことって、あるのだろうか。

出身地を訊ねられるとき、わたしは「高知県です」と答えるけれど、男の人の場合は違うらしい。十人いれば、十人とも、「土佐です」と答えるんだよね、と知り合いの男の人は言う。坂本龍馬とか板垣退助とかを生んだ土地だっていう自負があるんだろうね、きっと。その点、僕なんか大田区の蒲田生まれの蒲田育ちだから、なんにも自慢するものないからね。

わたしは「土佐」という言葉はほとんど使わないけれど、「土佐」という言葉を感じる場所が一つだけある。その場所というのが高知城である。わけもなく、感じてしまう。

坂本龍馬や中岡慎太郎のパネルが飾ってあるコーナーでは、県のGNPがたしか、どこかの県と最下位を争っているという新聞記事を突然思い出したりして、そんなことでいいのだろうかなどと、一人前に憂えて、溜息までついたりする。日頃の思考回路からして、我ながらおかしいと思うのだけれど、殿様が座っていたという部屋に近づくと、急に武士になったような気がして、身体じゅうがぞくぞくしてくるのだ。わたしが高知城にいて、強く感じる愛国心のようなものを、男の人は一歩、高知県を出ると、自動的に持ってしまうのかもしれない。「土佐です」ときっぱり言うとき、武士になっているのだ。

ただ、高知の街を天守閣から眺めるのは好きだけれど、山内一豊の妻が馬を引いている銅像の前は、あんまり好きになれない。なんとなく居心地が悪いのである。以前、その前で写真を撮ったことがあるけれど、ほとんどパロディとしか、自分では思えなかった。

わたしたちの父方の祖先について、いとこの幸っちゃんから聞いたことがある。田畑も持たず、炭を焼いていたみたい。わかるなかで一番古い祖先というのは、天保八年生まれの山本八右衛門という人で、その人のお墓は土佐郡土佐山村日ノ浦の梶谷というところにあったがよ。今度、山本家のお墓を全部、重倉のお墓に集めたときに、女の人のお墓のなかから短剣が出てきたけんど。母方のほうは、ルーツを調べたら、武士だった、と叔父さんから聞いたことがある。武士であったとしても、そうでなかったとしても、現代社会を生きるにあたっては、関係ないのだけれど。

故郷

故郷

強かった風も雨もやんで
空は澄みきっているから、
山の上から、ずっと見ている
街のあかりがとてもきれい。
きょうはあなたと
街のあかりだけを見ていたい。
それがあなたに、ずっと連絡しなかった私の答えです。
カーブが多いこの道を
お骨になった父を抱いて登ってきたことがある　遠い日。

お墓へと続くこの道であなたと
街のあかりだけを見ている　ということを考えていると、
きみが肉親のことを書いた詩が好きです、とあなたは言った。そして、これからも
書き続けてください、と言った。
肉親が眠り　肉親が住むこの故郷の、
雨のあがった夜の道を車で走るときの
時間が過ぎていくスピードのゆるやかさと
生きている者の溜め息の深さは
嬉しい瞬間にも
哀しい瞬間にも
ずっとつながってきょうまで続いてきたような気がする。
あしたはもう電話をしないと思います。
そう私が言うと、
そうしてください、その方がまだたえていられるから、とあなたは言った。
お骨を抱いて、重倉の坂を登る。胸のなかのお骨はまだ温かい。山本家のお墓は陽あたりの

いい、丘のうえにあるけれど、車を降りると、すでに陽射しは傾きかけているのだった。夏の終わりの趣は、まわりの景色を見まわすまでもなく、肌に触れる空気で感じとることができる。

お骨を納める穴は、あらかじめ、地元の人たちの厚意で掘られていた。父の弟の秀郎《ひでろう》のおじさんが、その穴のなかに降りて、わたしの手から父のお骨を受け取り、穴の底にそっと置いてくれた。もうずいぶん前から、リュウマチで身体の自由がきかなくなった秀郎のおじさん。その秀郎のおじさんが、これは自分の役割だという感じで、ゆっくりとした動作のなかにも、確固とした意志をもって、それをし遂げる様子を、わたしはただじっと見ていた。

わたしにとっては、父であり、秀郎のおじさんにとっては、兄である。それぞれの想いが、陽の傾いたお墓のまわりで静かに漂っているような気がした。そして、そのお墓の隣に仲良く並んで、母も眠る。

姉と妹とわたしとで、両親のお墓参りに行ったとき、わたしたち三人の顔を見ながら、姉妹がみんな生きていていいねえ、と秀郎のおじさんはしみじみと言った。おじさんの兄弟は、わたしたちの父親の他にも、文《ふみ》というお姉さんがいたけれど、岡山の紡績工場に働きに出て、二十三歳で亡くなっている。もう誰もいなくなってしまったから、毎日がとても淋しい、と言う。

そのとき、秀郎のおじさんは、わたしたちのおじさんという役割を離れて、ひとりの淋しがりやの末っ子の顔になっていた。心細そうで、ほんとうに淋しそうな顔をしていた。

みんな、元気で暮らしなさいよ。それでも、帰り際には、ふたたびわたしたちのおじさんの顔に戻って、笑いながら手を振ってくれた。

おじさんのその声は、わたしたちの父親にそっくりなのだ。前にいとこの幸っちゃんに「早う帰ってきなさいよ」と、出掛けに言っている声を聞いたときも、あ、お父さんの声みたい。懐かしくて振り向いたぐらいだ。

そして、また、重倉は、父と母との青春の地でもある。もっといろんなことを聞いておけばよかった。そう思ったときには、父も母もすでにいないのだった。

飛行場

飛行場にて

母か父か兄か妹か
その誰もが飛行場にはこられないので
(母は病気だ、父は死んでしまった、兄は遠くの町で仕事がある、妹は嫁いだ)
飛行場の高橋君は
まるで
身内の代表者みたいだった
アナウンスがはじまると
高橋君は
すくっと立ちあがって

からだに気をつけるんだよ
まるで
父親みたいな口をきいた
つられて
高橋君の
娘みたいにうなずくと
きゅうに
涙まで出そうになった
ずっと前
母親がいっしょだったときには
高橋君は
なんにもいわないで笑っていたのに
ゲートを出たとき
まだ
かな網のところで
待っていてくれた高橋君がみえた

うれしくて
駆けよっていこうとしたら
早く行きなさい
高橋君は
今度も
父親みたいな素振りをした
みるみるうちに暮れてゆく
飛行場では
目印は
高橋君の白いワイシャツだけだ
飛行機の小窓から
わたしには高橋君はみえるが
高橋君の方から
わたしはみえないはずだ
なのに
高橋君は

かな網のところで
飛行機全体の方を向いたまま
ずっと立っていてくれるのだ
父親みたいにして
だから
わたしは娘みたいになって
別れるのが辛いと思ったりするのだろうか

この詩を書いた頃は、高知空港は今のようなガラス張りではなかった。出発する者と見送る者との境界線が、飛行機が飛び立つぎりぎりまで曖昧だった。だから、お別れの心づもりにも、段階がなかった。いきなり、やってくるのである。かな網ごしの別れ、という距離感は、同じ目の高さであるだけに、引き裂かれるような思いがすることがあった。

わがままなわたしは、いつも、出迎え、見送りをやってもらってきたけれど、母がいなくなったあとは、法事などで、妹や姉が順番に高知に帰ってきたり、東京に戻って行ったりするのを、空港で待ち構えたり、見送ったりしながら、勝手に母の真似事をしている。わたしは、みんなより一番早く来て、一番遅く戻っている。一番暇なのかもしれない。

その行為はもちろん自己満足で、何の役にも立たないのだけれど、少しだけ母の気持ちが味わえたような気がすることがある。母の気持ちを追体験しているような気がする。

飛行場を出て、夜空を見上げると、上空を飛行機が飛んでいる。ああ、純ちゃんたちはあの飛行機に乗っているんだな、と思うのだけれど、わたしは母ではないから、まだ気持ちに余裕がある。母の寂しさは、こんなものじゃなかっただろう。

木頭村

空港に降り立ったとき、むっとした熱気が足下から沸き上がったような気がした。

この感覚をわたしは識《し》っている。この街のオリジナルな暑さ。また帰ってきたのだと思う。迎えに来ている人のなかから、どうしても探し出そうとしている顔がある。無駄な努力を一瞬している。ばかね、いるはずもないのに。

わたしは首を振ってから、歩き始める。母がまだ元気な頃、正確に言えば生きている頃、わたしはいつも、そうした。そして、母の顔を見つけ出すと、それを合図のようにして、おすまし顔は捨ててしまうのだ。

わたしが帰ると、母はうれしいと言ったけれど、ほんとうにうれしかったのだろうか。というのも、わたしはいつも問題を抱えて帰ったから。人一倍、心配性だった母が心配しなかったはずがない。心配のあまり、夜も眠れなかったこともあっただろう。だとすると、わたしが、もともとそんなに多くなかった母の命の量を削ってしまったようにも思えてくる。「おかえり」

ゲートを出ると、いとこが待っていてくれた。

その村が変わってしまったのか。変わっていないのか、わたしにはわからない。同じ場所に学校はあったし、夕暮れどきの校舎では、灯りの下で、稽古着をつけた子供たちが大きな声を出して、剣道の稽古に励んでいた。

この光景は変わらないな、とわたしは思った。わたしが子供だった頃も、この村は剣道が盛んだった。同級生の男の子たちは放課後、ちょうどこの夏の夕暮れどきのように、灯りの下で稽古に励んでいた。

あの頃、建ったばかりで、屋根のどこかに光が当たると、ぴかぴか輝やいて見えた体育館も、今ではとても古びている。小学校も、校庭をはさんで立っている中学校も、みんな古びてしまっている。変わったところをあえてあげるとすれば、そういうことになるのだろうか。

けれど、たかだか十五年の歳月が流れたというだけで、ほんとうは何も変わってはいないのかもしれない。この村に限らず、わたし自身にしたところで。

飛行場に着いたとき、木頭村《きとうそん》へと連れて行ってほしい、といとこに言った。今思えば、勤務中の貴重な時間を空けておいてくれただけでなく、そのあとの長い道のり、車で片道だけで三時間はかかったかもしれない、もっとかかったかもしれないが、それにまで、付き合ってくれたことになる。いまさらながら、わたしのわがままぶりには、われながら呆れてしまう。

僕は帰るけど、和ちゃんはここで泊まるんだよね。いとこにあらためて念を押されたとき、あんなに泊まるつもりだったにもかかわらず、反射的に、わたしも高知に帰る、と答えた。できることなら、この村には、もう一度、元気になった父や母や、姉や妹たちと一緒に来たかった。ひとりでいるには寂しすぎる。

去年の一月十七日の朝日新聞には驚いた。〝「ダム反対」貫けるか〟という大きな見出しとともに、二十年以上抵抗する徳島・木頭村という記事が掲載されていた。その内容もさることながら、木頭村というなつかしさに、目が吸い付けられるような気がした。

そういえば、わたしが子供だった頃から、ダム建設の話が持ち上がっていたことを思い出す。記事のなかには、この村の人口のピークは一九六〇年代の約四千人という数字があった。わたしたち家族も、そのなかに入るのだろう。林業とユズ栽培が主産業のこの村と、父はどういう経緯で出会ったのか。親方と呼ばれて、家には常時、何人かの仕事人が出入りしていた。高知から来た人もいたし、この村の人もいた。

大人になって、中上健次の小説に出会ったときは、その世界に、頭からではなく、身体的に共感を覚えた。林業を生活の糧にする人たちが描かれていて、リアリティがあった。雨の日には、仕事ができない。一日中、お酒を飲んだり、花札をしたりして過ごしていた。それが自然のように思えた。

妹

畦道《あぜみち》に腰をかけて、画板をひざの上に載せて、こっちを見ている。左の目の下あたりに、擦り傷がある。写真を撮られることで、少し緊張した面持ちだ。笑おうとしているけれど、どこかぎこちない。髪は、この角度からは見えないが、うしろは刈り上げ、両サイドは軽くパーマをかけてくるくるさせている。妹のこの写真を撮ったのは、わたしである。

わたしの髪型にしても、妹と同じように、うしろは刈り上げで、両サイドは軽くパーマをかけていた。母はわたしたち姉妹にいつも同じような格好をさせていた。セーターも、同じものを夜なべ仕事で手作りしたし、帽子もベレー帽など、いくつも買ってきたり、自分で手作りしたりして、わたしたちに別《わ》け隔《へだ》てなく与えた。

妹は、活発なせいで、身体のあちこちにしょっちゅう擦り傷を作っていた。足なども、生傷が絶えなくて、おまけに虫にさされやすかった。夏などは、虫にさされたあとが目立った。こっちのほうは、きっと皮膚が弱かったせいだろう。そして、この写真の頃は、わたしよりも小さかった。

やがて、妹はどんどん大きくなり、わたしと並び、わたしを追い越し、なおも大きくなった。そして、一メートル六十四センチで、その成長はストップした。妹の体格は父親ゆずりであった。父もまた一メートル七十センチはあったから、大正九年生まれとしては、背の高いほうに入るだろう。

その妹の話では、今でも、木頭村の幼友だちとの交流が続いているという。もちろん、わたしにも会ってみたい人がいないわけではないけれど、そういうパイプは自然には繋がっていない。何か意志を持った行動をしなければ、それは実現しないような気がするけれど、妹の場合は、自然体でそれができる。そこが妹とわたしとでは決定的に違うところだ。

今年のお正月に、五年に一度開かれるクラス会があったがよ。暮にオンちゃんから電話があって、純子、お正月の○日には、家におれよ。みんなで、電話するけんな。それで、電話がかかってきて、そこにいた六人ぐらいの人が全員、電話口に出てくれて、ひとりひとり声をかけてくれたがよ。純子、五年先にはかならず帰って来いよ。ここに足りないのは、純子だけじゃけんのう。

公衆電話から、かけているらしかった。お金の落ちる音がしたから。誰がお金を出してくれてるのかなあ。みんなで出し合って、かけてくれてるのかなあ。ちょっと心配になったけど、うれしかった。妹は子育ての真っ最中で、お金に苦労しているから、心配のしかたが、いかにも妹らしいのだけれど。

妹の話によると、この集まりは、バレーボールの仲間たちが中心になった集まりなのだそうだ。かなり強いチームだったから、卒業してからも、結束が強いのだろう。

幼稚園の頃から木頭村で育った妹。わたしなどのように、途中から混ざった者とは、村への溶け込み方がまったく違うように思う。村の人たちの底抜けの優しさや人のよさと、妹の生来の性格はぴったりと溶け合ったのだ。うらやましいな。妹だから、可能な世界がある。それを実感するのは、けれど悪くはない。

岡田の紀子ちゃんからも、ときどき電話がかかってくる、西宇の。子供と手を繋いで散歩するとき、純ちゃんのことを思い出して、お母さんは友だちとよくこのあたりで遊んだのよ、そう、子供に言うらしい。岡田の紀子ちゃんは、さっきのバレーボールの友だちたちとは合わないから、お正月の集まりにも出ないのだそうだけれど、隧道《すいどう》の入口に大きな栗林があって、そこは全部、紀子ちゃんの家の林だったぐらい、大金持ちのお嬢さんだったの。

今は、東京の聖蹟桜ケ丘の白い家に住み、中学二年生、小学二年生の女の子の母親である妹。かつて母がわたしたちを育ててくれたように、子供たちを育てている。

インド

山本さんの家がどこなのか、すぐにわかりましたよ。外で遊んでいる女の子が、インド人のようでしたからね。山本さんにそっくりでしたからね。

初めて家を訪ねてきたその人は、そう言った。その女の子というのは、わたしの姉のことである。どうして、その人は姉のことをインド人のようだと言うのだろうか。わたしはまだ小さくて、インド人に関する知識がなかったから、母に聞いてみた。インド人って、たぶん色が黒いでしょう。それから、彫りが深いでしょう。額が広いでしょう。目が大きいでしょう。痩せているでしょう。そういうところが特徴かしら。それらの特徴はまた、父と姉にも共通しているものだった。

三年前にインドに行ったときは、姉のような女の人があちこちにいるのには驚いた。姉にサリーを着せればそのままだった。久しぶりに、小さいときの客人のエピソードを思い出したりした。

姉は今でこそ少し太っているけれど、かつてはスリムで、一五四センチの身長に、四〇キロもなかった。

わたしが高校の修学旅行で東京に行ったときのことである。一足先に社会人になっていた姉が、友だちと一緒に本郷の宿まで訪ねて来てくれた。さっきの人、山本のお姉さんか、きれいな人だねえ。全然、似てないねえ。引率の先生までも、そう言って、うっとりするのだった。姉は原色の緑がよく似合う。それで、その日も緑色の薄手のコートか何かを着ていた。

わたしが新宿にある銀行に勤めたときも、同じようなことがあった。勤め始めて間もないときだった。姉は電電公社に勤めていたのだけれど、たまたまわたしに用事があったのか、銀行まで訪ねてきた。

客のひとりとして現われた姉は、緑の派手な色の洋服に、派手な顔だち。まっすぐのロングヘアーで人目をひいた。ロビーの人から職員まで、誰となく釘付けにしてしまった。

そのときも、やっぱり言われた。さっきの人、山本さんのお姉さん？　きれいな人ねえ。山本さんに全然似てないわね。誰もかれも口をそろえて、少々興奮気味にそう言うのだった。

似ているところはまったくないのだろうか。よくわからないけれど、みんながそう言うのだから、そうなのだろう。わたしは母親似である。でも、母のほうがずっと美人なのはどういうわけか。どこかが不公平だ。

姉と似ていないところは、まだある。姉は走るのが速かった。運動が得意だった。それだけではない。勉強もよくできた。高校は徳島にある元女学校にふたりとも通ったのだけれど、姉は卒業生総代で挨拶もしたし、優等生として表彰もされている。

それから、まだある。姉は、計画的と言おうか、現実に根を下ろして生きていくタイプだけれど、わたしはいつまでもふわふわして生きるタイプだ。それは妹もそうで、母からよく言われた。お姉ちゃんを見習いなさい。同じお小遣いを渡しても、お姉ちゃんはいつでも余分に持っているのに、あんたたちときたら、あるだけぱっと使ってしまう。

ふたりとも、返す言葉はなかった。そのとおりだったのだから。その性格はずっとそのままで、いまもって治らない。ぱっと使う人種はぱっと使う人種に対して同情はできるけれど、ぱっと使わない人種にはぱっと使う人種のことは、どうせ蟻とキリギリスのキリギリスでしょう、どうしてわたしが助けてあげなければいけないの。そんな雰囲気なのだ。妹が、姉にだけは借金は頼まないと決めているのも、キリギリス扱いが耐えられなかったからしい。お姉ちゃんにお金を借りるのだけは、ぜえったいいやだ、と言う。

両親なきあとは、相変わらずぱっと使うもの同士が同情しあってお金のやりくりをしているのだけれど、きょうだい仲良くしなさいよ、という母の言葉がふと思い出されるのも、なぜかこんなときだ。

一文橋

代官山で、雅子ちゃんのお母さんから高知の弥生町の火事の話を聞いたときには、びっくりした。場所は岩井さんや片岡カメラ店の真向かいで、なんでも散髪屋さんあたりを中心に焼けたのだそうだ。

きみおばさんの家も焼けたし、隣のお肉屋さんも焼けてしもうて、今はあの一帯は、駐車場になってしもうたがよ。

きみおばさんというのは、雅子ちゃんのお母さんのおばさんにあたる人だから、わたしの母親のおばさんにも当たることになる。わたしたちが小さいときは、その家に雅子ちゃん一家も暮らしていた。

道路を隔てて、一方は火事でなくなってしまい、一方はマンションとして生まれ変わったわけだけれど、どちらも変わり果てたという意味では同じだな、と思う。それも、時を置かずして。これで、わたしの知っている高知の数少ない風景のひとつが、消えてしまったことになる。

それからしばらくして高知に帰ったとき、中央病院の狭い通りを歩いたのだけれど、また驚いた。途中で弥生町へと続く道がなくなっているのだ。聞けば、なんと高速道路ができるのだという。これからは中央病院のほうから弥生町に行くときなんて、まるで別の空間へと出かけて行くような気分がすることだろう。狭いけれど、ずっとつながっている道が寸断されてしまったのだ。

そんなことは、祖父も父も母も、きみおばさんも玉おばさんも、先に死んでしまった人は誰も知らない。

高速道路ができたら、あの一文橋はどうなるのだろう。気になり始める。二年前に帰ったときは確かめないままになってしまったけれど、こんなにいろんなところが変わったなかで、一文橋だけが変わらないなんてことは考えられない。

それにしても、「一文橋」という名前は物語が隠れているみたいで、心魅かれる。小さいときはその響きがおもしろくて、「いちもんばし、いちもんばし」と、自発的に口にしたことがある。

一文橋の下を流れるのが江ノ口川。酒井のおばさんの話では、わたしたちが子供だった頃は水もきれいだったらしい。

それに、なによりも水のそばを、土手を歩くのが、わたしは好き。今も空想の土手を歩くと、

T君と一文橋のたもとで待ち合わせをしたりした日々が鮮やかに蘇る。

　桜の美しい季節、高知城のまわりを歩いたこともあった。T君もわたしも高校生だった。ただ一緒にいるだけで幸せに思える季節だった。そんな季節もあるということを最初に教えてくれたのは、T君だった。もう、ずっと前、何年間かの音信不通のあとで、ばったり街で出会ったときは、ふたたび恋人同士になったことがあったことも、空想の土手を歩いていると、いろんなことが思い出される。たとえ衣服を着ていても、T君の肩に傷があることを知っているわたし。知らない頃に、どうすれば戻れる？

　空想の土手を歩くと、その足は今度は東京を一緒に歩いている。東京駅の銀の鈴でT君を見つけたときも、そこにいるそのことがただうれしかった。

　きみと一緒にならなくて、これでよかったのかもしれない。そう思うことがあるよ。もしも一緒になってたりしたら、自分がものすごくだめになっていたか、ものすごくよくなっていたか、いずれにしても今のような穏やかな日々はなかったと思えるから。

リレー

母の妹の酒井のおばさんとわたしは、母が倒れるといつもリレーの選手のように、走った。最初は、おばさんが。知らせを受けてからは、わたしが。そして、母の病状が落ち着いたあとは、ふたたびおばさんへバトンを渡して、わたしは仕事に戻るのだった。特に、母が亡くなるまでの三年間くらいは、そんなふうなバトンタッチを繰り返した。

ところで、酒井のおばさんは、わたしにとって、ずっと酒井のおばさんなのだなあ、とあらためて思う。というのも、三十数年前におばさんは未亡人になってしまったわけなのだけれど、その後、再婚をしなかったからである。だから、ずっとわたしにとっては、酒井のおばさんであるというわけだ。

中学一年生の男の子と小学三年生の女の子とおばさんを残して、酒井のおじさんは死んでしまった。若くて、今でも身びいきでなく若いが、きれいで優しい酒井のおばさんには、もちろん再婚話もいくつかあった。でも、結局、再婚はしないで、酒井のおばさんであり続ける道を選んだのである。

おばさんは、久しぶりに高知に帰ったわたしとKを家に呼び、家庭の味をと、五目寿司を初め、御馳走をいっぱい作ってくれた。

おなかもいっぱいになった頃、アルバムを見ましょう、おばさんはそう言って、押入れのなかから年代物のアルバムを一抱えも出してきた。おばさんの家には、わが家にはない両親の若い頃の写真がいっぱいあるのだった。

さらに、その夜は、Kも一緒だったこともあり、これも見てやってちょうだい。そう言って、おじさんが写っている写真も出してきて、見せてくれるのだった。

おじさんは、長い間、外国船の機関長だった人なので、いろんな国を旅している。ハワイへ行ったときの写真やロンドンでの写真、アフリカでの写真やニューヨークでの写真などが、どの頁にもきちんと整理されて収まっている。几帳面だったのだろう。おじさんのきれいなペン字で、ここはどこそこ、とちゃんと書かれているので、行ったことはないけれど、わたしたちにもそれがどこの国の写真なのかが、わかるようになっていた。

フィリピンでは、とても治安が悪かったんですって。そう言ってましたねえ。酒井のおばさんは、おじさんからつい昨日聞いたかのような口調で、家人に説明する。

わたしはそのとき、あっと思った。三十数年も前にすでにこの世の人ではない酒井のおじさんが、今も生きていて、その証拠に、写真ではあるけれど、堂々とお茶の間の団欒に参加している。そのことに気がついたのだ。

おしゃれなロングコートを着て、首からはその当時はまだ珍しいカメラをぶら下げて、そうして微笑んでいるおじさん。いつもお土産に、わたしたちにまでハーシーのキスチョコを買ってきてくれたおじさん。今では、どこにいても手に入るハーシーだけれど、少し前まではそうはいかなかった。それに、わたしにとっての一番最初のチョコレートがハーシーだったなんて、おじさんがいなければ、そんな素敵な体験はおそらく望めなかったにちがいない。

そして、写真のなかのおじさんの笑顔をずっと忘れないのは、折りに触れ、酒井のおばさんがこうやって、わたしたちに写真を見せてくれるからだ。

おじさんとおばさんのことを考えると、人はたとえ死んでしまったとしても、その人を愛している者たちが生きている間はけっして死なずに、一緒に生きているのだということがよくわかる。その人にほんとうの死が訪れるのは、その人を愛している者たちが、みんなこの世からいなくなってしまった、そのときなのだろう。

おじさんは、その夜、酒井のおばさんの家で、いつもどおり一家の主だった。写真のなかで、よく帰ってきたね、そんなふうに微笑みかけているかのようだった。

宇高連絡船

叔母と帰る

ふるさとはこころなごむ
汽車で帰ると
土讃線ではもうふるさと訛りがきこえてくる
わたしは黙っているが本当はなつかしい
だれも迎えなど予想しないとき
駅の改札口で
叔母の姿を見つけたときはうれしい
駅から車でたった5分たらず
そんなに近い所へと帰っていくわたしのために

午前0時少し前
コートの襟をたてて
駅に佇んでわたしの帰りを待っていてくれた
「駅で待っているとなかなかおもしろい」
タクシーのなかで叔母はいう
「いなくなった女房が
　さっきの汽車で発ったらしい」
さがしていた男が
大声でだれかに電話で告げていたという
むかし
そんなことがあったようななかったような
忘れたふりをすれば
叔母と一緒に笑うこともできる

宇高連絡船には何度か乗ったことがあるけれど、瀬戸大橋のほうにはまだ一度も行ったことがない。この橋ができたことで岡山との行き来も便利になったというし、なによりも橋の上から見渡す風景が美しいと聞く。でも、なんとなく食指が動かないまま、これまできてしまった。これは、わたしのなかで宇高連絡船の印象があまりにも強いせいなのだろうか。東京から新幹線で岡山に着いて、それから乗り換えて宇野へ。そのあと足早に連絡船へと向かった日々。荷物が少ないときなんてないわけだから、かなり大変な思いをして移動するのだけれど、この船に乗り、降りる頃には旅も終盤に向かうわけで、心のなかは刻一刻と軽くなっているのだった。

年末やお盆など、帰省シーズンと重なると、グリーン席のほうにも人が溢れた。大きな音のときもあったけれど、ほとんど聞こえないほどボリュームを下げているときもあったTVがついていて、それを見ている人もいるし、眠っている人もいるし、外の光景を眺めている人もいる。わたしはぼんやりと窓の外を見るのが好きだった。ただ、夜は陸が近づくまで見るものはない。窓ガラスには自分の顔しか映らない。

やがて、だんだんと明かりが近づいて来ると、ガクンと小さなショックがあって、陸に着いたのがわかる。今度は誰もそんなに急がない。土讃線との接続には、たいてい時間がたっぷりあったからである。

あれはいつのことだっただろう。新幹線のなかで道連れになった人から、福山まで一緒に行こうと誘われたことがあった。その人は福山の実家に帰るところだと言う。ねえ、一緒に行こう。断っても何度も誘われたのは、いっそついて行こうかな。そういうわたしの心の迷いを見逃さなかったからだろう。

わたしは、断りながら考えていた。福山というところに、見ず知らずの人だけれど、悪い人じゃなさそうだし、この人と一緒に行ってみようかな。口では断っても、顔が断っていなかったのにちがいない。ねえ、僕と一緒に福山まで行こう。わたしが岡山で降りる間際まで、その人はそう誘うのだった。

その福山というところに、わたしはいまだに行ったことはないけれど、きっといいところなのだろう。そう思う。あのとき、一緒について行ったとしたら、「福山」という地名は、わたしのなかで、今よりもっと豊かになっていたかもしれない。けれども、あるいは、金輪際、みたいになっていたかもしれない。

ストーリー

朝早く、裕《ゆたか》さんのアパートから戻ると、大変なことがわたしを待っていた。ドアの隙間にメモが挟んであって、母さんが危篤だからすぐに帰るように、とあった。姉が書いたメモだった。とっさには何が起こったのか、わからなかった。メモを持ったまま、立ちつくしていた。五分くらい、そうしていたような気もするけれど、ほんの数秒だったのかもしれない。その時間は、わたしに落ち着くことを思い出させた。

わたしはメモの日付を見た。昨日の日付になっている。昨日は裕さんのアパートに泊まっていたから、その間に姉がやって来て、このメモを置いて行ったのだろう。

姉はわたしのバイト先に電話をかけたそうだ。けれど、昨日はバイトが休みの日だった。アパートの大家さんにも電話をかけたけれど、帰ってないようですよ、そう言われた。姉はパニックになって、世田谷のわたしのアパートまで、とにかくやって来たのだった。それでも、いっこうに帰ってくる様子がないので、諦めて帰って行ったのだ。

姉の住んでいるのは、東京郊外の日野市だから、たぶん電車のあるぎりぎりの時間まで待っていたのだろう。まさか、こんなことが待っているなんて思ってもみなかったから、わたしは呑気に遊んでいたのだった。

近くの公衆電話から、まず、姉に電話をいれた。もう会社に出かけたあとだった。呼び出し音が鳴るばかりだった。それから、母の妹にあたる酒井の叔母の家に電話をかけた。叔母はわたしからの電話を、今か今かと待ちかねていた。呼び出し音が鳴るか鳴らないかで、受話器をとった。

今、どこにいるの、叔母の声と、わたしのもしもしという声とが、ほとんど同時だった。とにかく、帰ってきてあげなさい。病院には、和ちゃんに付き添ってもらいたいって、姉さんは言ってるのよ。学校をお休みしなくちゃいけなくなるけれど、帰ってきてあげてね。

叔母の話によると、母は風邪の咳のせいで血管が破裂して、一時は危篤状態に陥った。しかし、今回はなんとか持ちこたえた。帰ってくる旅費は持っているのか。バイトのお金が入ったばかりなので、大丈夫です。わたしはそう言って、電話を切った。

父が入院している中央病院とそんなに遠くない場所に、母の入院先である高知記念病院はあった。ベッドに横たわる母は、頼りなく見えた。目を覗くと、母の瞳は薄くて、透けて見えるような気がした。血の気がないのである。なんでも、洗面器一杯の血を吐いたのだそうだ。輸血が必要だった。これから、毎日のように姉の勤め先の電々公社の人が来てくれて、新鮮な血液を輸血してくれることになっていた。

わたしも同じ血液型なので、さっそく輸血をすることになった。しかし、冬だったせいか、血液が注射器のなかに流れていかない。肝心のときに役に立たないのだ。途中で看護婦さんも諦めて、採血は止めてしまった。

わたしはもうすぐ大学二年生になるところだった。しかし、春になっても大学には戻らず、母の看病を、といっても、側に付いていることぐらいしかできなかったが、続けるほうを選んだ。

母が眠っている間、病室の隅で膝を抱えて、倉橋由美子の小説を端から読破した。母の明日についても、自分の明日についても、いっさい保留の日々――。倉橋由美子の小説を読むことで、今日を忘れ、さらに読み進めることで、明日を忘れた。そして、全部読んでしまって、読むものがなくなってしまった。そんなある日、母はひとまず退院した。

そのあと、約十五年して、母はほんとうに死んでしまった。しかし、母の死のストーリーは、その十五年前の冬の日から、わたしのなかで、すでに始まっていたのかもしれない。覚悟という形をとって。

日日草

寒くなるにはまだ、少し時間が残されていた。病院の屋上では、パジャマにガウンを羽織った人たちが思い思いに散歩している。同じところをぐるぐるまわって、足腰がなまらないように、リハビリをしている。

そのとき、わたしは使命を帯びてここに来ているのだった。というと、おおげさな感じがするが、これから自分がすることを考えると、気持ちはさわやか、とはいかなかった。

わたしは花を盗みに、ここにやって来たのだ。コンクリートの屋上には、やはりコンクリートの丸い花壇があって、そこには日日草《にちにちそう》が咲いているのだった。わたしはその花の名前を識《し》らなかったけれど、母は、日日草という小さな可愛い花が咲いているはずだから、それをちょっともらってきてほしい、とわたしに言った。

もらってきて、といっても、誰かにことわるわけではなくて、黙って盗んでいくしかないのである。わたしは少し大きめの一本をとにかく手折って、母に渡した。そこには、ピンクの花がふたつ咲いていた。気がつかなかったけれど、母がそう言うので、よく見ると、蕾もいくつかついていた。

この花はうんと可愛い。毎日咲いてくれるから。よく来てくれたねえ。母は、花にそう語りかけると、小さな花瓶にそれを活けてきてほしい、とわたしに言った。

この頃すでに、母のからだは香りの強い花を受け付けなかった。それに、もともとが華やかな花よりも可愛い花を、という傾向が強かった。そうか、日日草という花は、毎日咲くからこの名前がついているのか。わたしはベッドからすでに動くことができなくなった母を、この小さな花が慰めてくれることを思うと、これから先、何度でも花を盗んできてもいいとさえ思った。現金なものだけれど、さっきまでの憂鬱だった気分はどこかへいってしまった。

しかし、花泥棒は結局、そのとき一度限りに終わった。その一本の日日草は、母の最期まで、次々にけなげに花を咲かせてくれたのだった。言い換えると、その程度にしか、母は生きなかったということにもなるのだけれど。

日日草の咲いている屋上で写した、母の写真がある。ただし、入院患者としてではない。七年間、ここに入院したあと死んでしまった父の看病のために、毎日、通っていたときの写真だ。バックは青空なので、屋上には洗濯ものを干しにやって来たのだろう。ところどころ鰯雲が空に浮かんでいるから、季節は秋だ。

見覚えのあるブルーのシャツと、動きの楽なプリーツスカートをはいている。母がよく見せたはにかんだような、笑顔。誰に撮ってもらったんだろう。毎日通っていれば、知り合いも当然できたはずだから、そのなかのひとりにはちがいないのだけれど。

母が、屋上に咲いている花のことはもちろんのこと、中央病院のことならすみずみまでよく識っていたのには、この七年間があったからだ。さらに、からだの弱かった母は、みずからも何度もこの病院にお世話になった。父も母も、この病院で息をひきとったのである。

中央病院の前を通るたびに病院を見上げるくせが抜けない。夏などは、洗濯ものを抱えて帰るわたしを見送って、病室の窓から手を振っている父がいた。母がいた。

手紙

母の手紙を読むのが好きだ。

亡くなって、もうすぐ十年が経つというのに、母の手紙は生きている。どの手紙もとりたてて変わったことは書かれていない。元気ですか。簡単に言えば、その繰り返しである。生きていれば、今でも同じ手紙を書いているだろう。

残った母の手紙は、母が生きているような錯覚をわたしに与える。読むたびに、元気ですか。母の声が聞こえてくる。

「今年も残りが少なくなりました御変わりありませんか　早く送ろう送ろうと思う中に　こんなにおそくなりましてすみません　元気で勤めている事と思います
今年はほんとによい年でしたネ　立派な詩の先生にみとめて頂き　念願の詩集も出す事が出来て　本当に　おめでとう

純ちゃんも　お母ちゃんになり　これ又おめでたい事です　とてもかわいい赤ちゃんです　色の白い　頭の毛も澤山あり　優香ちゃんとよぶと　すぐみえて笑います　お話もよく出来出して　ほんとにかわいいよ　十二月四日　恭成さんが迎えに来て　七日には三人で帰る様になっています　はじめはとても恵ちゃんによく似てました　今は少し変わりました　けれど　目が似てるもので　やっぱし恵ちゃんに似てます　和ちゃんに似てるからよネ　東京に帰ったら見に行ってやりなさい純子もよろこぶと思います
今年のお正月にはよう帰らないでせう　又　ひまをみて　帰れる時に帰って来て下さいネ　恵ちゃんに宅急便で送ったけど　もうとっくに受取っている事と思います　まだ前の所にいるだろうかネ　淋しくてなりません　恵のことを思うと　いつも胸がイタミます　色々書きましたどうか元気で暮らしてくださいネ
母」

この手紙では生まれたばかりの優香ちゃんも、今ではもう中学二年生だ。ところで、母が死ぬまで心をいためていたのは、恵のことだった。昭和五十四年九月に離婚して以来、わたしではなく、父親が東京で育てている。恵に宛てて母が書き続けた手紙はまる五年間、一方通行だった。昭和五十九年の十一月十六日、母のノートには赤のボールペンでこう記されている。

「待ちに待った恵ちゃんから手紙もらう
嬉しくて嬉しくてたまらない」

恵と母が初めて会ったのは、恵が六カ月のときである。その頃、母と妹は高知市の東雲町にあった叔父の借家に住んでいた。父は中央病院に入院していた。入院して、かれこれ五年が経った頃になる。妹は高校生だった。わたしは久しぶりのわが家だった。

徳島から、高校時代の女友だちがたずねてきたので、母に子供をまかせて、二人で夜の街に出かけていった。出かけるときはちょうど眠っていたからよかったのだけれど、起きてからが大変だったらしい。泣きだしたので、ミルクを作ってだっこすると、一瞬泣きやんだそうだ。ところが、顔を見てからが大変なことになった。母親じゃないことに赤ん坊が気づいてしまったのである。夜も遅く帰ったわたしに、母が疲れた声でしみじみと言った。

「子供みたいな親でも、子供にとっては親が一番ながやねえ」

そのあと一家は弥生町の祖父の家に移る。父は徐々に衰弱していくので、わたしも恵を連れて帰ることが多くなる。けれど、それは父の病気のせいばかりではなかった。帰っていたかったのだ。できることなら、ずっと。

父が死んだのは、恵が二歳と十か月のときである。集まった親戚の小さな男の子から、「めぐちゃん、いま幾つ?」とたずねられて、「わたし、まだ二歳。あなたは?」と答えて、大人たちの人気をさらったのも、つい昨日のようだけれど、その恵も二十二歳になった。わたしが恵を産んだ年である。

団欒

それにしても、母によく似ている。頰にできる片えくぼなんかも、そっくりだ。兄の顔を見ながら、そう思う。母に似ている兄が、目を細めるようにしてにこにこ笑っているのを見ているると、まるで母がそこにいて、母の目でわたしたちを見守っているような錯覚を覚えたりする。

昨年の十一月、母の十年祭を高知八幡宮で行なった。東京からは姉、妹、妹の子供たち、わたし、娘の恵、家人が集まったほか、横浜にいる山下の保雄のおじさん、おばさんも来てくださった。そして、秀郎のおじさんやおばさん、幸っちゃんや恵美ちゃん、恵美ちゃんのご主人や山下の隆雄のおじさん、おばさんをはじめ、酒井のおばさんやいとこ、いとこの子供。それから、兄やお姉さんや子供たち、またその子供というふうに、高知にいる肉親たちが一堂に会した。

法事といえば、葉山。昔から連想ゲームみたいにそう覚えているようなところがあって、葉山でいいでしょうか。高知にいる酒井のおばさんに相談する。そのあとの、予約やなにかもおばさんが手配してくださった。

　いつまで経っても、常識的なところが大幅に抜け落ちているわたし。母がいたら、集まってくださった方たちにきちんとご挨拶しなさいよ。そう言っているような気がする。仕事では、とりあえずは挨拶できるのに、プライベートとなるとなぜだろう、とたんに身をひいてしまうようなところがある。わたしはほんとうにいくつになっても、そこのあたりの能力は開発されないままなのだ。最初からないのかもしれない、と絶望的な気分に襲われるときもある。

　法事が終わったあと、重倉のお墓へと何台かの車で移動する。

　そこは、いつも変わらない。田んぼと田んぼの間の狭い道のつきあたりに小さな丘があって、日当たりのいい、その丘のうえにお墓があるのだ。わたしの両親やその祖父母たちもここで眠る。

　父のお墓は母のお墓と並んで立っている。かわいいお墓なのだけれど、並んでいるのも、それはそれでかわいいけれど、一緒にしてあげればもっとよかったのかもしれないねえ。前に兄がそう言っていたことを思い出す。もしかすると、そっちのほうがよかったかもしれない。そう思えるほど、寄り添って生きていたふたりだったような気がする。

　墓石のうしろには、それぞれ子供たちの名前が彫ってある。武司、悦子、和子、純子。みんな名字は違うが、ふたりの子供たちにかわりない建立者たちだ。名字を記さない建立者たちの一人としては、永久にあなたたちの子供よ。そう誓っているような気分になる。

この日、お墓のなかで母はさぞかしよろこんだことだろう。不憫でならない、と言い続け、あんなにまで会いたくて会いたくてたまらなかった恵が会いに来てくれているのだから。

十六年ぶりに高知にやって来た恵。ちゃんとお父さんに話して来たの？　訊ねると、父親には内緒で来たのだという。友だちのところに泊まっていることにするという。そんなことをしていいのかどうかの判断は、保留。それ以上は考えないことにした。

離れている十六年の間、恵は何を見て、何を考えて生きてきたのだろう。

以前、作家の高樹のぶ子さんにお会いしたとき、もし五人くらいの人がわたしのことを殺したいと思った場合、それが可能になるとしたら、わたしはとっくに殺されているでしょう。でも、神さまは人間たちにそういう力を与えなかった。だから、わたしは生かされているのだと思います。そんなふうなことを話されたことがある。

それはそのままわたしの言葉でもあるような気がして、みずからがインタヴュアーであることを忘れてしまったことがあった。ほんの一瞬ではあったけれど。

靴下

沢木耕太郎に『彼らの流儀』という本があります。三十三の、物語のような、エッセイのような作品の、いずれもが興味深いのですが、そのなかに「ラルフ・ローレンの靴下」という作品があります。実はこのとき、靴下にはたいした意味はありません。物語の導入にすぎないのです。

道で偶然出会ったひとりの若い読者から、将来について相談をもちかけられた著者が、一年後にまた同じ場所で、その若者に出会うのです。あまりの偶然に驚きながらも、ライターになりたいという彼の希望を叶えるべく、著者の友人に打診する。それをきっかけに奇妙なことが展開します。

〝発行部数五十万部を超える週刊誌が、まったく経験のない、まったく無名の若者の書く記事に五ページも割くという。しかも署名入りだという。そんなことが現実に起きうるだろうか。まるでオトギバナシではないか……。〟

著者はそう思い、自分はもしかしたら、そのオトギバナシが現実化することを望んでいないのでは、という気がして愕然とします。そして、一方でみずからもかつてまた、そうしたオトギバナシの主人公だったことを思い出します。

長年、活字ジャーナリズムの世界に関われば関わるほど、それがどんなに稀な幸運であったかを知るのだけれど、この「ラルフ・ローレンの靴下」は、まったく無名のオトギバナシを生きる若者が原稿料で買った著者へのプレゼントなのです。

乱暴な説明をすると、こういうふうな内容です。この「ラルフ・ローレンの靴下」を読んだとき、わたしはいろんなことを思いました。初めてライターの仕事をしたときのことや、その幸運について。それから、初めて詩集を出したときのことや、その幸運について。

もちろん、いいことばかりがあったわけではありません。波があるのだけれど、でも、それが悪いことだとも、いいことだとも、断言はできないのです。ほんとうに、何にもわからないのです。今は、まだ。そして、死んでしまうときも、きっと。

そうしたなかで、この「日日草」を書くチャンスを与えられたことは、わたしにとってひとつの試練だったと思います。三十回ぐらいなら、こんなに苦しくならなかったかもしれませんが、六十回は苦しかった。ものを書くということは、ほんとうに骨身を削ることだとつくづく思いました。自分と向きあわずしては、何にも書けないのですから。

エッセイはとくに個人的なことが題材になります。人柄が出ます。われながら、なんてひどい人間なんだろう、そう思ったことも数えきれません。でも、ワープロに向かうと、わたしはやっぱり書いてしまうのです。もう、うしろに戻る道はない。だから、前に歩くしかないのです。

ただ、救いはありました。自分事のつまらないことを書いているという意識で元気がなくなりかけたとき、「金子橋」で書かせていただいた望月病院の院長さんの娘さんたちから、連名のお手紙をいただいたことがありました。父のことを覚えていてくださる方がいることが嬉しい。お礼を申し上げたい。そんなふうな内容の、丁寧なお手紙でした。

そのとき、わたしはわたしの生が、わたしの預かり知らないところで誰かの生と繋がっている、そう気づいたのです。『日日草』を書いてよかった。今は、そう思います。

あとがき

　昨年十二月十八日、朝、高知八幡宮にお詣りしました。わたしの家の神棚には、この神社でいただいた父の二十年忌祭、母の十年忌祭のときのお札が納めてあります。八幡さまのこの場所は、旧山田町。わたしが生まれたとき、両親が住んでいたのもこの町でした。

　一緒にお詣りをした酒井の叔母が、「あんたらあの小さいとき、毎日のように来て、ここで走り回りよったぞね」と教えてくれました。「あんたらあ」というのは、わたしといとこのことです。手水で手と口を浄め、お詣りをしてから、おみくじを引きました。叔母は、大吉。わたしは末吉。上等です。

「来年は、えいことがあるがやねえ」

　雲一つない青空の下で、叔母の顔はうれしそうでした。叔母は八十歳になりました。その叔母が、明けて一月、脳出血で倒れ、介護が必要になるなんて、この日、誰が想像したでしょう。そして、『日日草』のなかでは、まだまだ元気な叔母。父も母もいなくなった後も、わたしの故郷は、叔母が住んでいる高知でした。

　人は、いつかは老いて死んでゆく。それは、わかっているのです。そして、その日は誰にも訪れることも。それでも、叔母とは一日でも長くいっしょにこの世にいたい、と願います。

この『日日草』は、今から十四、五年前に「高知新聞」に連載させていただいたものです。「日々の連なり」として、執筆時は文章題を〝尻とり〟の形で、一話ずつつないでゆきました。このたび、一冊の本にするにあたって、わたしの生きる時間に添って、再構成しました。

連載のお話をくださった、当時の学芸部編集長の片岡雅文様、ありがとうございました。織田信生様には、連載時のカットを使わせていただくことをご了承いただきました。ご厚意を感謝いたします。また、大原信泉様、素敵な装丁をありがとうございました。

今回、一冊の本になるにあたり、あらためて目を通してみると、ここには、あのとき書かなければそのまま消えてしまったであろう時代の気持や風景が息づいていました。それは、とてもとても懐かしいものでした。この「日日草」に光を当ててくださった北冬舎の柳下和久様に心より御礼申し上げます。

お読みくださったみなさま、ありがとうございました。

平成二十三年三月三日

著者

本書は、「高知新聞」１９９６年11月２日―12月31日に掲載されました。刊行にあたって、加筆、削除、再構成がなされています。

著者略歴

山本《やまもと》かずこ

1952年(昭和27)、高知県生まれ。詩集に『渡月橋まで』(1982年)、『思い出さないこと忘れないこと』(98年)、『不忍池には牡丹だけれど』(2000年)、『いちどにどこにでも』(05年)(以上、ミッドナイト・プレス刊)、『リバーサイドホテル』(89年、マガジンハウス刊)ほか。聞き書きに『辻征夫　詩の話をしよう』(03年)、小説に『真・将門記』(11年)、エッセイ集に、山本小月の筆名で、『魂は死なない、という考え方』(05年)(以上、ミッドナイト・プレス刊)などがある。

日日草《にちにちそう》

2011年7月20日　初版印刷
2011年7月30日　初版発行

著者
山本かずこ

発行人
柳下和久

発行所
北冬舎

〒101-0062東京都千代田区神田駿河台1-5-6-408
電話・FAX　03-3292-0350
振替口座　00130-7-74750
http://hokutousya.com

印刷・製本　株式会社シナノ

© YAMAMOTO Kazuko 2011 Printed in Japan.
定価はカバー・帯に表示してあります
落丁本・乱丁本はお取替えいたします

ISBN978-4-903792-32-3 C0095

＊北冬舎の本＊

北村太郎を探して 新訂2刷	北冬舎編集部編	北村太郎未刊詩篇・未刊エッセイ論考＝清岡卓行・清水哲男、ほか	3200円
廃墟からの祈り	高島裕	伝統を切断し荒廃した時代に生命の豊かさ、美しさを伝える魂の文章集	1800円
私は言葉だつた 初期山中智恵子論	江田浩司	［山中智恵子］の残した驚異の詩的達成をあざやかに照射した鮮烈な新評論	2200円
われはいかなる河か 前登志夫の歌の基層	萩岡良博	フォークナー、リルケなど、世界の文学を視野にして詩精神に鋭く迫る	2600円
短歌の生命反応 ［北冬草書］2	高柳蕗子	短歌は生きて、生命反応している。斬新な視点から読む短歌入門書	1700円
雨よ、雪よ、風よ。天候の歌 〈主題〉で楽しむ100年の短歌① 2刷	高柳蕗子	「雨、雪、風」を主題にしたすぐれた歌の魅力を楽しく新鮮に読解する	2000円
詩人まど・みちお	佐藤通雅	「ぞうさん」の作詞で名高い〈詩人〉のほんとうの魅力を探究する	2400円
黒髪考、そして女歌のために	日高堯子	〝黒髪の歌〟に表現された女性たちの心の形を読み解いたエッセイ集	1800円
影たちの棲む国	佐伯裕子	戦争責任者を祖父にもつ、戦後世代の歌人が見つめる戦前からの〝影〟	1553円
家族の時間	佐伯裕子	米英との戦争に敗れて、敗戦日本の責を負った家に流れた時間を描く	1600円
樹木巡礼 木々に癒される心	沖ななも	樹木と触れあうことで、自分を見つめ、叱り、励ます、こころの軌跡	1700円
梶井基次郎ノート	飛高隆夫	純質の詩精神が生んだ、珠玉の作品群の魅力と創作の秘密を読み解く	2000円

＊好評既刊　　価格は本体価格